ビギナーズ・クラシックス 中国の古典

書経

山口謠司

角川文庫
21527

目次

はじめに

『書経』ほどおもしろい本はありません！

学問的な問題も、たくさんあります。また、内容の深さというところから言っても、これほどに深いものはないのではないかと思います。

ところが、これがなかなか読み解けません。

唐の韓愈は、「佶屈聱牙」（ごつごつとして読みにくい）と言っていますし、宋の朱子でさえ「無理に分かろうと思って読んでいくと穿った見方になってしまう。そんなところは手をつけない方がいい」と言うのです。

　こうした碩儒たちが難攻不落と苦しんだ書物に、どうやって新しい光を当てれば、『書経』の問題を解決できるのか、こんなことを考えながら読むことも、なんとも言えない楽しみではないでしょうか。

『書経』というタイトルは、宋代以降の呼称で、古くは『書』あるいは『尚書』と呼ばれていました。

『書』というのは、もともとは「記録」を意味したものです。また『尚書』とは「上古の時代の記録」を意味すると言われます。

その「記録」には「天」と「帝」と「民」との間に交わされる契約のようなものが籠められています。おそらく、こうしたものが経書としての『書』への昇華を導いたにちがいありません。

とくに『書経』の諸篇のなかでも西周時代の歴史に関わる大誥、康誥、酒誥、召誥、洛誥などは、甲骨文などの史料を除けば、中国の文献として最古のものであると言われます。

しかし、現在我々が読む『書経』は、じつは、幾度も喪われ、手を加えられて伝わったものなのです。

たとえば、秦の始皇帝の焚書坑儒、西晋の滅亡を招いた永嘉の乱などで『書』は亡逸したと言われます。

また、現在、我が国に伝わる遺唐使で伝えられた古写本、それと同時期の敦煌から発掘されたいわゆる「敦煌本」と現在の『書経』を比べると、文章はもとより文字もまったく異なります。その文字は、「隷古定（れいこてい）」と呼ばれるもので、玄宗（げんそう）皇帝が「こんな文字はなくしてしまえ」と勅を出して書き換えさせたものなのです。

こんなに、喪われたり、文字や文章に手が加えられたものを、はたして「経書」として信用できるのでしょうか。

複雑な「おもしろさ」を胸に抱いて、少しく『書経』を楽しんで頂ければこれほどの喜びはありません。

平成最後の三月に

菫雨白水堂にて　山口謠司拝

『書経』とは

『書経』という名称

現在『書経』と呼ばれる本は、戦国時代に書かれたとされる『孟子』『荀子』などには「書」として引用されたりしますが、『史記』や『漢書』芸文志には『尚書』と記されています。

『尚書』という名称は、『墨子』に「尚は夏書、その次は商周の書」(明鬼篇下)などに見えるように「古代の記録である書物」というものであったのが、『礼記』に「疏通知遠は書の教えなり(古い過去のできごとを知ることが『書』の教えである)」(経解篇)という意味で読まれるようになり、次第に経学の地位を確立するに至ったことで使われるようになったのでした。

さらに、『書経』というように呼ばれるようになるのは、宋代以降だと言われますが、宋代には『書経』という名前はあってもまだ確立してはいなかったのではないかと思われます。

たとえば、宋代、朱子の弟子である蔡沈（一一六七〜一二三〇）の著作は『書集伝』というのが当時、出版された時のタイトルです。

そして、明代になって、ようやく申時行（一五三五〜一六一四）『書経講義会編』、張溥（一六〇二〜四一）の『書経注疏大全合纂』などが現れると、蔡沈の『書集伝』も『書経集注』などと呼ばれるようになるのです。

『書経』は冒頭から問題が

五経と呼ばれる儒教の経書は、聖人によって作られたものと言われてきました。例えば『易経』は伏羲（ふくぎ）が八卦を作り、神農（しんのう）がそれを重ねて六十四卦とし、周の文王が卦辞を著し、孔子が伝を書いたと言われるようなものです。

今、こんなことを信じる人がないでしょうが、堯帝から説き起こされる『書経』も、その起筆の部分から問題にされてきました。

「曰若稽古帝堯」の部分の「曰若」をどのように読むかということなのです。

「曰若」は、ふつう「ここに」という発語の辞として読むことになっていますが、「曰若」の下にある「稽」を「かんがえる」と読むことから、「曰若」という神官あるいは神が「古の帝、堯のことを稽(かんが)えた」という説もあります。

この説を採る人はもうないとは思いますが、信じられないような解釈をしようと思えばそういうことも可能な本が『書経』なのです。

それは、この書の来歴を考えると、納得が行くことかもしれません。

『書経』の来歴と邦訳参考書

『史記』(孔子世家)には、孔子が『書』を編纂したと記されていますが、これはもちろん伝説に過ぎません。ただ、孔子も『書』に言及し、すでに触れたように先秦の儒家、『孟子』や『荀子』なども『書』を引用して持論を展開していますので、当時も、『書』というものがあったということは明らかです。しかし、紀元前二一三年、秦の始皇帝の焚書坑儒によって『書』は喪われてしまいます。

さて、『史記』儒林伝によれば、漢の孝文帝(在位前一八〇~前一五七)の時、『書』に通じた人を求めたがおらず、魯の伏生(ふくせい)が通じているというので召しだそうとした。伏生はすでに九十歳を過ぎていたそうですが、伏生は秦の焚書に際して、『書』を壁に塗り込めたと言い、取り出して見ると数十篇は散逸していたが二十九篇を得たというのです。この時発見されたとされる篇名は、『漢書』芸文志に掲載されていますが、この二十九篇は漢代の「隷書」で書かれていたので、その当時の字体で書かれたということから『今文尚書』と呼ばれます。この後、漢の武帝（在位前一四一～前八七）の時、魯の共王が孔子の旧宅を壊して自分の宮殿を広げようとした時、その家の壁から戦国時代以前の文字で書かれた『書』が発見されたのです。これは古い字体で書かれていたので『古文尚書』と呼ばれ、孔子十二世の孫、孔安国が解読しました。

これらふたつを付き合わせると、『古文尚書』の方が十六篇多くあったと言うのです。前漢時代には『今文尚書』が、後漢では『古文尚書』が盛行したとされますが、二つながら三〇七年に起こった永嘉の乱によって失われてしまうのです。

ところが、東晋の元帝（在位三一七～三二二）になって梅賾（ばいい）という人物が『古文尚書』を献上します。以後、これが『尚書』として重んぜられ、唐初、太宗（在位六二六～六四九）の時に作られた『五経正義』のテキストとしても使われることになるのです。

しかし、この『五経正義』の『尚書』の本文は「隷古定尚書」と呼ばれるもので、戦国時代以前の文字を隷書体に直したという不思議な字で書かれたものでした。はたして、玄宗皇帝は、天宝三（七四四）年、衛包にこの不思議な字をすべて今の楷書体に直すようにと勅を出すのです。中国では、以降、古い字体で書かれた『古文尚書』は喪われてしまいます。

ところで、宋代になると、梅賾献上本の『尚書』が偽書ではないかという疑いが浮上してきます。呉棫（一一〇〇～五四）、朱熹（一一三〇～一二〇〇）などですが、これを受けて、明代になると梅鷟（一四八三～一五五三）が『尚書考異』を著して、今文で伝わった篇は漢代から伝わったものであるが、古文の部分は梅頤の偽作であるということを発表したのです。

清朝になると、閻若璩（一六三六～一七〇四）が『尚書古文疏証』、段玉裁（一七三五～一八一五）が『古文尚書撰異』、孫星衍（一七五三～一八一六）が『尚書今古文注疏』などを著し、古文の部分の偽作説が次第に明らかになってきたのでした。

我が国では、池田末利『尚書』（一九七六年、集英社「全釈漢文大系」）、加藤常賢『書経』（一九八三年、明治書院「新釈漢文大系」）、赤塚忠『尚書』（一九七二年、平凡社「中国古典文学大系」）、尾崎雄二郎『尚書』（一九六九年、筑摩書房「世界古典文学全集」）などがあります。本書もこれらの本を参照しながら、抄訳をさせていただきました。

虞書

堯典

【堯典とは】

堯は、古代中国の人が考えた理想の帝王です。司馬遷『史記』には、「その仁は天の如く、その知は神の如し」と記されています。

「堯」という漢字を見れば明らかですが、これは火のように皓々と光り輝く人を象ったものです。徳が満ち溢れていることを表そうとして付けられた名前だったのでしょう。

堯典には、はじめて、中国大陸で「王朝」を作ったとされる堯の事跡が記されています。

堯は、まず臣下の羲和、羲仲、羲叔、和仲に命じて天を観察させ、暦を作らせます。一年を三六六日として三年に一度閏の月を決めました。

これは、農業によって中国の文明が創られたことを示唆します。

はたして、堯は、次に黄河の治水を企図します。結局、臣下が推挙した鯀（こん）は、治水に失敗しますが、これが『書経』では、中国三代目の帝王・禹（う）の父親であるという話で繋がって行きます。

堯の治世で最も重要なことは、帝位の継承です。

堯は、子である丹朱（たんしゅ）に位を譲らず、舜（しゅん）という人物に譲位します。舜は、不徳の両親や弟を善行に導くことができる徳のある孝の人として、人々から信頼を寄せられていたからです。

他人に帝位を譲って、すべての臣下がそれに唯々諾々として随（したが）うことを「禅譲」と言いますが、堯の禅譲は、ここから始まる譲位の在り方を理想としたものとなりました。

堯典

昔在帝堯、聡明、文思にして、天下に光宅す。将に位を遜れんとし、虞舜に譲る。堯典を作る。

曰若に古の帝堯を稽ふるに、曰く、勲に放いて、欽明、文思、安んずるを安んず。允に恭しく、克く譲り、四表に光被し、上下に格る。

克く俊徳を明らかにして、以って九族を親しましむ。九族既に睦し、百姓を平章せしむ。百姓昭明なり。万邦を協和せしむ。黎民於に変じ、時れ雍ぐ。

乃ち羲和に命じて、昊天に欽み若い、日月星辰を歴象し、民に時を敬授せしむ。分ちて羲仲に命じて、嵎夷に宅らしむ。暘谷と曰う。出日を寅み賓え、東作を平秩せしむ。日は中、星は鳥。以って仲春を殷す。厥の民は析、鳥獣は孳尾す。申ねて義叔に命じ、南交に宅り、南訛を平秩せしむ。敬して致す。日は永、星は火。以って仲夏を正す。厥の民は因、鳥獣は希革す。分ちて和仲に命じて、西に宅らしむ。昧谷と曰う。納日を寅み餞り、西成を平秩せしむ。宵は中、星は虚。以って仲秋を殷す。厥の民は夷、鳥獣は毛毨す。申ねて和叔に命じて、朔方に宅らしむ。幽都と曰う。朔易を平在せしむ。日は短、星は昴。以って仲冬を正す。厥の民は隩、鳥獣は氄毛す。帝曰く、咨、汝　義曁び和　朞　三百有六旬有六日。閏月を以って四時を定め、歳を成す。允に百工を釐めて、庶積　咸な熙る。

むかし、堯帝は、聡明で思慮深く、天と地に広く徳を照らし満たすことができました。帝位から退こうとし、虞舜という臣下に位を譲ったのでした。その時、「堯典」の篇が作られました。

そもそも、古き堯帝のことを考えれば、次のように言えるでしょう。

堯帝は、先人の業績に倣(なら)って、心はいつも欽(つつ)しみ深く、物の道理には明るく、また思慮深く、万物を安定させられました。そして、心の底から恭しく、よくへりくだる人だったので、堯の徳は、世界の四方の果てまで満ち渡り、また天地にまで及んだのでした。

堯帝は、君主として、優れた徳を持つ者を引き立てて任用し、彼等を使って「九族」(自分から考えて父、祖父、曾祖父、高祖父、また自分から考えて子、孫、曾孫、玄孫)という直系の血縁関係を大事にするようにさせ、この九族を軸とする祖先への信仰に基づく「孝」の考えがすでに整うことになって、百官の役人に公明正大な政治を行わせるようにされたのでした。

こうして、すべての百官の役職が明らかになると、堯は、次に、すべての国々が仲良くなるようにしたのでした。はたして、堯帝のこうした働きによって、民衆たちも、皆、教化を被り、その風俗が和らいだのです。

堯帝は、つぎに、羲氏と和氏に命じて、大いなる天に恭しく従って、日月星辰の運行を暦として写し取り、人々に季節を分かりやすく教えるようにと言われました。

まず羲氏一族の羲仲に命じて、嵎夷という土地に行くようにと命令を出されました。そこは暘谷と呼ばれるところで、羲仲は、ここで太陽を謹んで導き、春に耕作を行うことを準備させたのです。羲仲は、昼の長さと夜の長さが等しい日に、星が「鳥」という場所にあることを知り、ここで「仲春」という時を正しく定めたのです。人々は、土地を耕し、鳥獣が子孫を増やす季節を知ることになったのです。

堯帝は、さらに羲叔に命じて南方に駐在させ、春から夏に季節が移っていくことを皆に教えたのでした。羲叔は、とても敬しんで行い、成果を上げることができました。

この昼間が最も長い日に、星は「火」という場所にあることを知り、ここで「仲夏」という時を正しく定めたのです。人々は、そろって田に出、鳥獣は羽毛が抜け替わる時を迎えていました。

　さて、堯帝は、和氏一族の和仲に命じて、西方の地にいるようにさせました。そこは、昧谷と呼ばれるところです。太陽が沈むのをていねいに送らせ、ここで、秋に成熟するものを整えさせたのでした。夜の長さが昼の長さと等しい日、その星は「虚」という場所にあることを知り、ここで「仲秋」という時を正しく定めたのです。人々は土地を耕し、鳥獣には羽毛が生えそろっています。

　堯帝は、さらに和叔に命じて、北方の地にいるようにさせました。そこは「幽都」という場所です。ここで、歳が改まるのを、恭しく見届けるようにされたのです。昼の時間が最も短い日、星は「昴」にあります。それを見て、「仲冬」の時を正しく定めたのです。人々は外に出ることなく住みやすい家にあって、鳥獣には和毛(にこげ)が生えます。

　堯帝は言われました。「義氏と和氏の者たちよ、あなた方は、一年の長さを三百六十六日としましたね。これに閏の月を入れて四つ季節を定め、一年の暦を完成させました。またあらゆる役人たちを誠にうまく治めて、もろもろの仕事を拡張させ、発展させることに成功しました」

◆昔在帝堯、聰明文思、光二宅天下一。将レ遜二于位一、譲二于虞舜一。作二堯典一。

曰若稽二古帝堯一、曰、放レ勲、欽明文思、安レ安。允恭克譲、光二被四表一、格二于上下一。克明二俊徳一、以親二九族一。九族既睦、平二章百姓一。百姓昭明。協二和万邦一。黎民於変、時雍。

乃命二羲和一、欽二若昊天一、歴二象日月星辰一、敬二授民時一。分命二羲仲一、宅二嵎夷一。曰二暘谷一。寅二賓出日一、平二秩東作一。日中、星鳥。以殷二仲春一。厥民析、鳥獣孳尾。申命二羲叔一、宅二南交一、平二秩南訛一。敬致。日永、星火。以正二仲夏一。厥民因、鳥獣希革。分命二和仲一、宅レ西。曰二昧谷一。寅二餞納日一、平二秩西成一。宵中、星虚。以殷二仲秋一。厥民夷、鳥獣毛毨。申命二和叔一、宅二朔方一。曰二幽都一。平二在朔易一。日短、星昴。以正二仲冬一。厥民隩。鳥獣氄毛。帝曰、咨汝羲暨レ和朞、三百有六旬有六日。以二閏月一定二四時一、成レ歳。允釐二百工一、庶績咸熙。

【語句解説】

平秩（べんちつ）——一様に秩序立てること。等しく順番に秩序だっていること。

希革（きかく）――鳥獣の毛が少なくなり生え替わること。

毛毨（もうせん）――鳥獣の毛が落ちて新たに生え替わった毛に艶があって美しいこと。

隩（いく）――山や川に囲まれて住みやすい所。また「おだやか」なこと。

氄毛（じょうもう）――「毛毨」に同じ。

■コラム　年号への願い

「昭和」という年号は、堯典の「百姓昭明、協和万邦」から取られました。六十四年と十四日という「昭和」は、我が国の歴代年号の中で最も長く続いた元号です。森鷗外の元号研究を引き継いだ漢学者・吉田増蔵が考案したものです。江戸時代中期にあった「明和」の元号も同じ文句から取られました。国民の平和そして世界各国が協力して共存繁栄を願うということを意味します。中国・最古の帝、堯の願いが込められた言葉です。

舜典

【舜典とは】

舜は庶民の出身の人でした。

帝位を譲るに相応しい人物であるかどうか、堯にもわかりませんでした。そこで、堯はまず自分の娘二人を舜に嫁がせます。娘二人はあまり素行のよい人たちではありませんでしたが、舜に嫁いだ後は、とても良い夫人となって家庭を治めました。

堯は、思慮があり明察、温和で慎み深い人として舜を認め、官職を与えて、実際の政治に従事させます。

父として義、母として慈、兄として友、弟として恭順、子として孝であるという政治家となるための資質において、舜は帝位を継ぐに相応しい人物であると堯から判定が降されます。

その後、全ての官職を統べて管理する力があると認められ、さらに、海外四方の国々の民族との国交にも舜は能力を発揮します。そして最後に、山林風雷など神々を祀り、祭祀においても舜は帝王としての地位に相応しい人物だと高く評価されることになります。

堯に見込まれてから三年後、舜は帝位を譲られ泰山(たいざん)で封禅の儀式を行い、暦と律、度量衡を統一し、祭祀、葬礼、賓客の礼、軍隊の礼、冠婚の礼の五礼を定め、五年に一度巡幸すること、十二州を設けて治績の実績を報告させるということを定めたのでした。

舜が帝位に即(つ)いてから二十八年後、堯は亡くなり、舜は三年の喪に服するのです。

舜典

虞舜側微。堯之が聡明を聞き、将に位を嗣がしめんとし、諸難に歴試す。
舜典を作る。

曰若に古の帝舜を稽うるに、曰く、華を重ね、帝に協う。濬哲、文明、温恭、允に塞がり、玄徳升り聞ゆ。乃ち命ずるに位を以ってす。

慎しみて五典を徽くせしむれば、五典克く従う。百揆に納るれば、百揆時に叙す。四門に賓せしむれば、四門穆穆たり。大麓に納るれば、烈風雷雨迷わず。帝曰く、格れ、汝舜。詢事言を考うるに、乃の言績すべきを厎すこと三載。汝帝位に陟れ。舜徳に于いて嗣がずと譲る。正月上日、終りを文祖に受く。

　虞舜は、官位のない人でした。ただ、堯はそれでも舜が聡明であるということを聞き、舜に位を譲るために、様々な困難を与え、舜をお試しになられたのでした。この時に「舜典」という篇が作られたのです。

　そもそも、古き舜帝のことを考えれば、次のように言えるでしょう。舜帝は、堯帝の後を継いでその徳の輝かしさをさらに重厚なものにし、その徳はまさに堯帝に等しいものでした。

深い思慮、慧眼、温和な顔付き、謙（へりくだ）った態度、その名声は天下に満ち、ひそかに行ってこられた徳行は、堯帝の耳にも入ったのです。そして堯帝は、舜を登用し、官職に就けられたのです。

　堯帝は、舜に命じて五常の教え（父は義、母は慈、兄は友、弟は恭、子どもは孝）をていねいに天下に広めさせられると、皆がまもなくその教えに従って生活するようになりました。

　そこで百官の長としていろいろの仕事をさせられたところ、あらゆる仕事が整然と行われるようになったのでした。

そこで、つぎに東西南北の四つの門から来朝する諸侯たちを接待させられたところ、諸侯たちはみな睦まじく美しい徳を持つ人たちばかりになったのでした。

堯帝は、舜を摂政の位に即け、すべての政治を取りまとめさせられたところ、陰陽は調和し、風雨は時節を得て、烈風や雷雨も間違った季節にやって来ることがなくなったのです。

堯帝は仰いました。「近く寄りなさい、舜よ。お前が立てた計画、そしてそれを行う方法を述べた言葉、その言葉を実際に行って仕事を進めてから成果が上がってすでに三年になりました。お前が帝位に即くのです」

しかし、舜は「自分には帝位を継ぐだけの徳がありません」と言いながら辞退されたのでしたが、正月元旦、舜は、ついに堯の先祖の廟で堯帝の政治の後を受け継ぎました。

◆虞舜側微。堯聞二之聡明一、将レ使レ嗣レ位、歴二試諸難一。作二舜典一。曰若、稽二古帝舜一。曰、重レ華協二于帝一。濬哲、文明、温恭、允塞、玄徳升聞。乃命以レ位。慎徽二五典一、五典克従。納二于百揆一、百揆時叙。賓二于四門一、四門穆穆。納二于大麓一、烈風雷雨弗レ迷。帝曰、格、汝舜。詢事考レ言、乃言厎レ可レ績三載。汝陟二帝位一。舜譲二于徳弗一レ嗣。正月上日、受二終于文祖一。

【語句解説】

穆穆（ぼくぼく）——穏やかで美しい様子。

大禹謨(だいうぼ)

【大禹謨とは】

舜は、三十三年間帝位にあり、後継者を選ばなければならない時を迎えます。休むことなく働き、黄河治水に功績があった禹に帝位を譲ろうとして書かれたのがこの篇です。

舜は、帝位についてから自分にできたことがあるとすれば、それは堯帝の教えを守り「君主が君主であることの困難さを知り、臣下が臣下としての務めの困難さを知り、自己の任務に励むようにしたこと。臣下からの有益な意見を取り入れて在野の賢者をないがしろにしないこと、苦しみを訴える人々を助けるようにしたこと」だと言います。そしてそれができるのは禹だけだと禹に譲位を宣言するのです。

しかし、禹は、皐陶(こうよう)こそが次の帝になるのが相応しいと、皐陶への譲位を勧めます。

舜の心は、禹への禅譲にすでに決まっていました。

禹の図（「武梁石室画象」）

位を譲るに当たって、舜は次のような言葉を禹に伝えます。

「人心　惟れ危く、道心惟れ微かなり。惟れ精、惟れ一、允に厥の中を執れ」

これは、心を純粋、専一にして、中庸の道を執って政治を行えという意味ですが、中国における最大の美徳とされる「中庸」が、初めて説かれたのがこの篇でした。

堯から舜へ、舜から禹へという血縁のない人への譲位、またこれに対して臣下が皆、喜んで従うという禅譲が行われたことを記す『書経』の初めの三篇は、まさに中国の政治思想の理想を描いたものです。

大禹謨

皐陶 厥の謨を矢べ、禹 厥の功を成し、帝舜 之を申ぬ。大禹・皐陶謨・益稷を作る。

曰若に古の大禹を稽うるに、曰く、文命 四海に敷き、帝に祇しみ承く。曰く、后 克く厥の后たるを艱しとし、臣 克く厥の臣たるを艱しとすれば、政 乃ち乂まり、黎民 徳に敏ならん。帝曰く、俞り。允に茲の若くんば、嘉言 伏する攸罔く、野に遺賢無く、万邦 咸寧からん。衆に稽え、己を舎てて人に従い、無告を虐せず、困窮を廃せざるは、惟れ帝 時れ克くす。益曰く、都、帝徳 広運せり。乃ち聖、乃ち神、乃ち武、乃ち文。皇天 眷み命じ、四海を奄く有ちて、天下の君と為らしむ。

禹曰く、迪に恵えば吉。逆に従えば凶。惟れ影響たり。益曰く、吁、戒めん哉。無虞に儆戒し、法度を失うこと罔く、逸に遊ぶこと罔く、楽に淫すること罔く、賢に任じて貳すること勿く、邪を去てて疑うこと勿く、疑謀成すこと勿ければ、百志　惟れ熙らん。道に違いて以って百姓の誉を干むること罔く、百姓に咈いて以って己の欲に従うこと罔く、怠ること無く、荒むこと無ければ、四夷　来王せん。

帝曰く、来れ、禹。降水　予を儆しむ。允に成し、功を成すは、惟れ汝の賢なり。克く邦に勤め、克く家に倹に、自から満仮せず。惟れ汝の賢なり。汝惟れ矜とせざれば、天下　汝と能を争う莫し。汝と惟れ伐らざれば、天下　汝と功を争う莫し。予　乃の徳を懋し、乃の丕績を嘉す。天の暦数、汝の躬に在り。汝　終に元后に陟れ。人心　惟れ危く、道心惟れ微なり。惟れ精、惟れ一、允に厥の中を執れ。無稽の言は聴くこと勿かれ。弗詢の謀は庸うること勿かれ。愛すべきは君に非ずや。畏るべきは民に非ずや。衆　元后に非ずんば、何ぞ戴かん。后衆に非ずんば、与に邦を守る罔し。欽まん哉。乃の有位を慎しみ、敬して其の願うべきを修めよ。四海の困窮をせば、天禄永く終えん。惟れ口好を出だし、戎を興す。朕が言再びせず。
禹曰く、功臣を枚卜し、惟れ吉之れ従わん。帝曰く、禹。官占は惟れ先ず志を蔽め、昆に元亀に命ず。朕が志先ず定まる。詢謀僉同じ、鬼神其れ依り、亀筮協従す。卜吉に習らず。禹拝稽首して固辞す。帝曰く、毋れ。惟れ汝諧えり。
正月朔旦。命を神宗に受く。百官を率いること帝の初めに若う。

皐陶は、自分が立てた計画について述べ、禹は、自分が成し遂げた仕事について述べました。舜帝は、これを聞き、二人の功績を重ねて褒めました。そこで、「大禹謨」「皐陶謨」「益稷」の三篇が作られました。

そもそも、大いなる禹のことを考えれば、次のように言えるでしょう。

禹は徳に基づく政令を天下に及ぼし、謹んで堯帝、舜帝の教えに従いました。

禹が舜帝に申し上げた言葉は次のようなものでした。

「君主が君主たることのむずかしさを知り、臣下は臣の努めの困難さを知り、それぞれが自己の任務に励めば、政治はうまく治まり、人々もその感化を受けて徳に敏感になりましょう」

舜帝は言われました。

「そのとおり、ほんとうにそのようであれば、正しい有益な意見が為政者に取り上げられないことはなく、在野でないがしろにされる賢者もなくなり、天下の人々はその恩沢をこうむって安らかな暮らしができるだろう。そのためにも、私は、人々のことを考えて、私心を捨てて多くの人々の声に耳を傾け、苦しみを訴える所を持たない哀れな人々を虐げることなく、困窮した人たちを見棄てないようにする。それは、じつは、先帝・堯のみがよくなされたことだったのです」

この舜帝の言葉を聞いて益は言いました。

「ああ、先帝・堯の徳は、広く遥かな土地にまで及び、聖とも神とも言うべきもので、反乱を治めるための武徳を備え、また天地を整えて文化を興す文徳ありとも讃えられました。だからこそ、大いなる天は、堯帝を目にかけて、天命を授け、天下をあまねく支配させ、天下の君主とされたのです」

するとが言いました。

「正しい道に従えば吉となり、間違った道に従えば凶となります。人の行為の吉凶が善悪に応ずることは、まるで光と影が不可分であるように、また音と響が呼応するように、互いに影響するものなのです」

益が言いました。

「ああ、禹の言う通りでございます。くれぐれも心を戒め、事に当たり、思慮のない行為は慎まなくてはなりません。まだ起こっていないことにも心を配り、つねに、世の決まりごとに従って、定めを守り、人の道に外れた行為に耽ってはなりません。悦楽に溺れてはなりません。賢者を信頼して任用し、誹謗中傷などがあったとしても彼らを疑ってはいけません。邪心を抱く人を斥(しりぞ)けるのに、躊躇してはなりません。わずかでも疑問のある計画は、実行に移してはなりません。このようにしていけば、帝がお考えになるすべてのことが、日々世に広まり次第に完成して行くことでしょう。また、道を外れた行いをしてまでも人々の評判を求めるというようなことをしてはなりません。人々が反対することを斥けて、自分の欲望を押し通してはなりません。怠ることなく、心を荒ませることなく、ひたすらに励めば、四方の異民族も来朝して、帝を王者として、仕えることになるでしょう」

帝は禹に申されました。

「近く寄れ、禹よ。天は洪水をこの地上に下し、私を戒められた。その時、お前は政治の根本を確立させ、そして治水の功に貢献しました。これは、まことにお前が賢明だったからです。国のために力を尽くし、家においては倹約に勤めました。しかも決して自らの能力を誇ることもないから、天下には、お前と能力を争う者はありません。お前は自らの功績を誇らないから、天下には、お前と功績を競う者はありません。私はお前の徳を素晴らしいものであると精励し、お前の大いなる功績を祝福します。天が与える帝位継承の運命が、お前の身の上にあります。禹よ、ここしばらく摂政の任に当たり、いつかは王位にのぼるのです。

人の心というものは、とても不安定で、道の心はまことに見えにくく捉えがたい。だから、お前は、心を純粋に、専一にして、中庸の道を執り行わなければなりませんよ。

根拠のない言葉は、耳に入れてはなりません。独断による計画は実行に移してはなりません。人々が敬愛するのは主君ではありませんか、主君にとって畏怖すべきは民衆ではありませんか。人々は君主なくして、何を戴くものでしょうか。君主は民衆なくして誰と国が守れましょうか。心して謹んでおくれ。お前は君主としての位を大切に保ち、人々が願う美徳をつつしみ修め、天下のすべての困窮した人々を慈しめば、天から与えられた幸運は永久に続くことでしょう。言葉は、慎まなくてはなりません。口から出る言葉によって、善事を生ずれば、兵乱も起こるのです。

余はもはや言い尽くしました。再びは繰り返されないでしょう」

禹は言いました。「後継者を選ぶに際しては、功績のある臣下をすべて占い、吉兆を得た者に王位をお譲り下さい」

帝は言われた。「禹よ、占いをつかさどる官の法では、先ず占う人が、このようにしたいという自分の心を定めたうえで、神聖な大亀の甲に占いの言葉を告げて卜するのですよ。このたびは、私の心は既に決まっており、臣下に謀って、みな賛同してくれました。鬼神もそれに依り、亀卜も筮も私の意見と一致しているのです。占いにおいては、同じことを二度占って、吉を重ねてはならないのです」

禹は拝み、額(ぬか)ずいて固辞しました。

帝は申されました。「もう言うのではありません。ただお前だけが天子の地位にかなう人物なのですから」

正月朔日の朝、禹は摂政の位につく命を、先帝、堯の廟で受けました。百官を率いて、帝舜が初めて摂政となった時と同様の儀式をとり行ったのです。

◆皐陶矢二厥謨一、禹成二厥功一、帝舜申レ之。作二大禹・皐陶謨・益稷一。
曰若稽二古大禹一。曰、文命敷二於四海一、祗二承于帝一。曰、后克艱二厥后一、臣克艱二厥臣一。政乃乂、黎民敏レ徳。帝曰、俞。允若レ茲、嘉言罔レ攸レ伏、野無二遺賢一、万邦咸寧。稽二于衆一、舎レ己従レ人。不レ虐二無告一、不レ廃二困窮一、惟帝時克。益曰、都、帝徳広運。乃聖、乃神、乃武、乃文。皇天眷命、奄二有四海一、為二天下君一。

禹曰、恵レ迪吉。従レ逆凶。惟影響。益曰、吁、戒哉。儆二戒無虞一、罔レ失二法度一、罔レ遊二于逸一、罔レ淫二于楽一、任レ賢勿レ弐、去レ邪勿レ疑、疑謀勿レ成、百志惟熙。罔三違レ道以干二百姓之誉一、罔下咈二百姓一以従中己之欲上、無レ怠、無レ荒、四夷来王。

帝曰、来、禹。降水儆レ予。成レ允、成レ功、惟汝賢。克勤二于邦一、克倹二于家一、不二自満仮一。惟汝賢。汝惟不レ矜、天下莫二与レ汝争一レ能。汝惟不レ伐、天下莫二与レ汝争一レ功。予懋二乃徳一、嘉二乃丕績一。天之暦数、在二汝躬一。汝終陟二元后一。人心惟危、道心惟微。惟精、惟一。允執二厥中一。無稽之言勿レ聴。弗詢之謀勿レ庸。可レ愛非レ君。可レ畏非

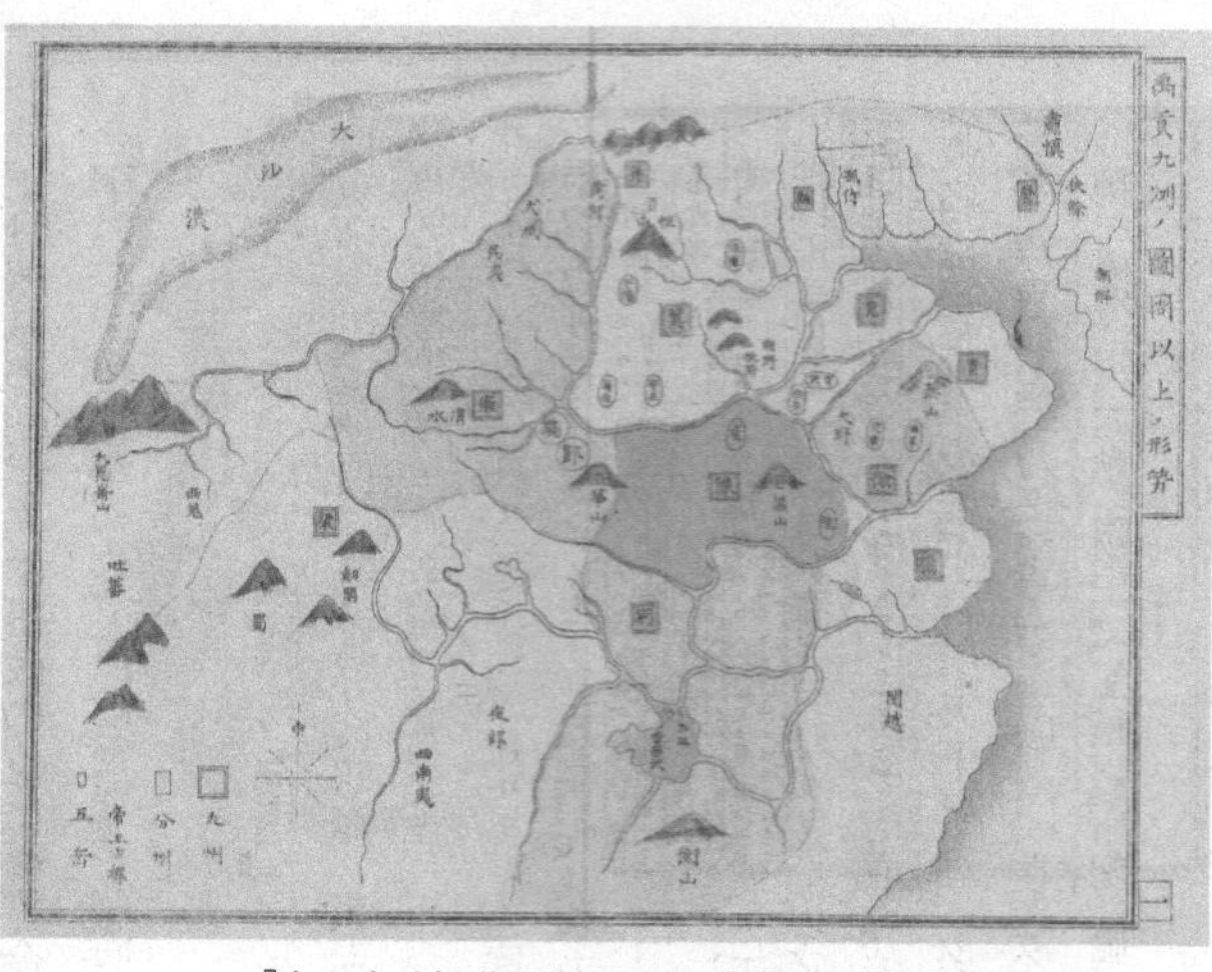

『十八史略沿革概図』より「禹貢九州図」

レ民。衆非ニ元后一、何戴。后非レ衆、罔ニ与守レ邦。欽哉。慎ニ乃有位一、敬修ニ其可レ願。四海困窮、天禄永終。惟口出レ好興レ戎。朕言不レ再。禹曰、枚ニト功臣一、惟吉之従。帝曰、禹。官占惟先蔽レ志、昆命ニ于元亀一。朕志先定。詢謀僉同、鬼神其依、亀筮協従。卜不レ習レ吉。禹拝稽首、固辞。帝曰、毋。惟汝諧。

正月朔旦。受ニ命于神宗一。率ニ百官一若ニ帝之初一。

【語句解説】

嘉言（かげん）——立派な言葉。

広運（こううん）——広く行き渡ること。広大で及ぶ所が広いこと。

儆戒（けいかい）――「儆」は「警」と同じ字。「警戒」で「いましめること」。

貳（じ）する――「貳」は「二」で、「信用するか疑うかという二心を持つこと」をいう。

満仮（まんか）――意に満足して自ら尊大に構えること。

丕績（ひせき）――「丕」は「偉大なる」という意味。「丕績」は「大いなる功績」。

弗詢（ふつじゅん）――「詢」は「人に相談して、是非をはかること」、「弗詢」とは、「人に相談しないで、独断で事を起こすこと」。

元后（げんこう）――「天子」のこと。「后」は、「大君」をいう。

枚卜（ばいぼく）――いちいち占うこと。

元亀（げんき）――占いに用いる大きな亀。

鬼神（きしん）――神明叡智の神霊をいう。

皐陶謨（皐陶のはかりごと）

【皐陶謨とは】

理想的な臣下像を描いたのが皐陶謨の一篇です。

皐陶は、新しく帝位に即いた禹に、君主が行うべきことを説きます。

「堯帝、舜帝の徳を実践し、自らの行動を慎み深くすること、将来のことを考えること、親族の間の秩序を保つこと」と、皐陶は先ず禹に教えます。

そして、臣下としての任用に当たっては、適材適所ということを忘れないようにすること、つねに人の心を安定させることに努めるようにすること」と言います。

禹は、さらに、具体的にはどのようにすればいいのかと皐陶に質問をします。

皐陶の答えは、九つの徳を実践することであると禹に伝えます。

「寛容であって威儀があること、穏やかに仕事がこなせること、謹厳で礼儀を欠かないこと、能力があっても誇らないこと、従順であって決断に早いこと、実直であるが温和であること、大きな視点を持ちながら細かいことに気が配れること、さっぱりして篤実であること、強い意志と正しい道から外れない心を持つこと」

こうした人を臣下に迎えれば、堯、舜から受け継いだ帝位を守ることができるだろうと、皐陶は言います。

そして、最後に、皐陶は禹に最も大切なことがあると言って、「天を畏れること」と伝えます。「畏敬」です。天のみではなく、人への畏敬を決して忘れないようにすることと、それが君主として最も重要なことだと伝えるのです。

皐陶謨

曰若に古の皐陶を稽うるに、曰く、允に厥の徳を迪み、明を謨りて弼け諧えよ。禹曰く、俞り。如何。皐陶曰く、都、厥の身を慎みて修め、永きを思え。九族を惇く叙すれば、庶明にして励み翼けん。邇くして遠くすべきは茲に在り。禹昌言を拝して曰く、俞り。

皐陶曰く、都、人を知るに在り。民を安んずるに在り。禹曰く、吁、咸な時の若きは、惟れ帝も其れ之を難しとす。人を知るは則ち哲。能く人を官にす。民を安んずるは則ち恵。黎民之に懐く。能く哲にして恵ならば、何ぞ驩兜を憂えん。何ぞ有苗を遷さん。何ぞ巧言令色孔だ壬なるを畏れん。

皐陶曰く、都亦た行に九徳有り。亦た其の人に徳有るを言わば、乃ち言いて載うこと采采すと曰う。禹曰く、何ぞ。皐陶曰く、寛にして栗。柔にして立。愿にして恭。乱にして敬。擾にして毅。直にして温。簡にして廉。剛にして塞。彊にして義。厥の常あるを彰かにするは、吉なる哉。日に三徳を宣べ、夙夜　明を浚つは有家とす。日に厳祗して六徳を敬し、亮に采すれば有邦とす。翕せ受け敷き施して、九徳　咸な事すれば、俊乂　官に在り。百僚　師師すれば、百工　惟れ時し。五辰を撫すれば、庶績　其れ凝る。

そもそも、いにしえの皐陶について言うと次のように言えるでしょう。

皐陶は次のように言いました。

「君たるものが、まことに古人の徳を実践し、つねに聡明であろうと心掛け、自分が行う政治を皆で補いながら調和したものにしなければなりません」

禹が言いました。

「そのとおりですね。でもどうすればいいのでしょうか」

皐陶が言いました。

「ああ、自らの行動を慎み深くして、自らの身を修め、先々のことまで思いを巡らしなさい。自分を中心として先祖、子孫各四代とする九族の親族の間の秩序を確立すれば、人々は、君主の教えを明らかに思い、自ら励んで君主の政治を助けるでしょう。自分の足元から始めてそれを遠くの人々に至るまで及ぼすことができるのは、そうするより他ありません」

禹は、そのもっともな言葉に敬意を表して言いました。

「仰る通りでございます」

皐陶は、言いました。

「ああ、大切なことは、人の能力を知って任用すること、そして人々の心を安定させることです」

禹は言いました。

「ああ、どれもみな、それらのことは、堯帝ですら困難だとされました。人の能力を見抜くことのできるのは、まことの知恵です。その知恵があって、その人は誤りなく人を任用することができるのです。人々の心を安定できるのは、恵み深い仁愛です。その仁愛があってこそ、人々はその人を慕うことができるのです。まことの知恵があり、そのうえ恵み深い仁愛があれば、凶悪な驩兜というような人のことなど心配されたりしたでしょうか。また暗愚であった有苗の人々の君主を追放されたりしたでしょうか。言葉巧みに人の顔色をうかがい、心に悪巧みを蔵す人々を恐れる必要があったでしょうか」

皐陶は言いました。

「ああ、人を判断する基準には、九つの徳目というものがあります。ある人を官に推薦するには、その人に徳があり、こうしたことをしましたと具体的に言わせるようにしなければなりません」

禹が言いました。

「その九つの徳目とは何ですか」

皐陶が言いました。

「寛容であるが威厳のあること。穏やかであるが仕事の能力があること。謹厳ではあるが礼儀を欠かないこと。能力はあるが誇らないこと。柔順ではあるが果断であること。性質がまっすぐであるが温和であること。大きな視点を持っているが細かいところまで気が付くこと。さっぱりしているが篤実であること。強い意志を持つが正しさから外れないこと。これら九つの徳をいつも変わることなく持っている人を任用すれば、君主の政治は正しく行われるでしょう。

またこの九つの徳のうち三つの徳を日々、誤りなく実行し、いっそう徳を修め明らかにしようとするために、夜が明けるのを待ちかねて実行に移すものがあれば、卿大夫の位として、領地を与えればいいのです。

また、日々厳しくみずから徳を治め、慎んで九つの徳のうちの六つの徳までを実行し、政治を正しく行うことができる人があれば、その人には諸侯として一国を治めさせればいいのです。

君主は、これら三徳・六徳ある卿大夫、諸侯をまとめて受け入れ、広く彼らを登用し、九つの徳ある人々をひとり残らず取り上げ、それぞれに相応しい仕事に当たらせれば、徳に優れ、また統治に能力のある人は皆、官位に就くことになるでしょう。

そして、官位にある人たちは、互いを師として教え合い、徳に励めば、すべての官位にある人々は皆、公正な職務を行う役人になるでしょう。

また、公正な職務を行う役人たちが、五行の変化によって起こる四季の移り変わりに順応した政治を行えば、あらゆる事業が成し遂げられましょう。

◆曰若稽二古皐陶一、曰、允迪二厥徳一、謨レ明弼諧。禹曰、俞。如何。皐陶曰、都、慎二厥身一修、思レ永。惇二叙九族一、庶明励翼。邇可レ遠在レ茲。禹拝二昌言一曰、俞。皐陶曰、都、在レ知レ人。在レ安レ民。禹曰、吁、咸若レ時、惟帝其難レ之。知レ人則哲。能官レ人。安レ民則恵。黎民懐レ之。能哲而恵、何憂二乎驩兜一。何遷二乎有苗一。何畏二乎巧言令色孔壬一。皐陶曰。都。亦行有二九徳一。亦言二其人有一レ徳。乃言曰二載采采一。禹曰、何。皐陶曰、寛而栗。柔而立。愿而恭。乱而敬。擾而毅。直而温。簡而廉。剛而塞。

彊而義。彰二厥有一レ常、吉哉。日宣二三徳一、夙夜浚レ明有家。日厳祗敬二六徳一、亮采有邦。翕受敷施、九徳咸事、俊乂在レ官。百僚師師、百工惟時。撫二于五辰一、庶績其凝。

【語句解説】

迪(ふ)み——その通りに実行する。

驩兜(かんとう)——堯の時の人。共工と一緒に悪をなし、舜によって崇山に放逐された。

有苗(ゆうびょう)——南方の蛮族。

栗(りつ)——「慄」と同じ。心が震えおそれること。

立(りゅう)——自立して自ら仕事をこなすこと。

愿(げん)——実直で真面目で頑なこと。

擾(じょう)——慣らす、慣れる、懐かせる、従順であるということ。

塞(さい)——隙間なく満ちていること。

彊(きょう)——「強」と同じ意味の漢字。

義(ぎ)——神に誓って正しいこと。

益稷（益と稷）

【益稷とは】

益と稷は、舜の臣下の名前です。本来なら益と稷が行ったことなどが記されていたはずの篇ですが、この篇の本文が失われたために、篇名だけを残す形で、「皐陶謨」の後半部分と思われる本文が、ここに入れられています。

ですから「益稷」と言いながら、益や稷の言葉は、まったくこの篇に見えません。この篇には、まだ禹が、舜から帝位を譲られる以前、自らが行った事跡を語った内容が記されています。

黄河による洪水をどのようにして治めたのかという話です。この中に、ほんの僅かに、益と稷が、禹を輔佐したということが記されています。

禹は、黄河の氾濫によって人々が食糧を失った時、山野を駆けめぐり、益と力を合わせて鳥獣の肉を集め飢餓で困った人に食べものを配ったと言います。

さらに、その後、稷と力を合わせて、五穀の種を蒔いたと伝えます。

禹は、食糧を、豊富な所から乏しい所に運び、「交易」の重要さを人々に教えることによって、天下はさらに安定したというのです。

禹はすでに述べたように舜から帝位を譲られますが、禹の事跡に「治水」と「交易」があったことがここで明らかにされるのです。

本書では取り上げませんでしたが、次の「夏書」の始めには「禹貢」という一篇が置かれています。これは禹が天下の山川を治めたときの記録と中国各地の特産物を禹が列挙したもので、交易の重要さを記したものです。

益稷

帝曰く、来たれ、禹。汝も亦た昌言せよ。禹拝して曰く、都、帝。予何をか言わん。予日に孜孜せんことを思う。皐陶曰く、吁、如何ん。禹曰く、洪水天に滔り、浩浩として山を懐み陵に襄り、下民昏墊す。予四載に乗り、山に随いて木を刊り、益と庶に奏めて鮮食せしむ。予九川を決して、四海に距らしめ、甽澮を濬えて川に距らしめ、稷と播き、庶の食し艱きに奏めて鮮食せしむ。懋めて有無を遷して居を化す。烝民乃ち粒し、万邦乂を作す。皐陶曰く、俞り。汝の昌言を師とせん。

禹曰く、都、帝、乃の在位を慎しめ。帝曰く、俞り。禹曰く、汝の止るを安んじ、惟れ幾をし、惟れ康をし、其れ弼直をして、惟れ動かば丕いに応じて志を俟ち、以って昭かに上帝に受け、天其れ申命するに休を用ってせん。帝曰く、吁臣なる哉、隣なる哉。隣なる哉、臣なる哉。禹曰く、兪り。

帝舜は言われました。

「近く寄りなさい、禹よ。お前もまたためになる誠の言葉を聞かせてくれないか」

禹は、頭を垂れて言いました。

「ああ帝よ。私などが何を申せましょうか。私はただ、今まで、日々、こつこつと、仕事に励むようにしているだけでございます」

皐陶が言いました。「これまで、どのような仕事をしてこられたのですか」

禹は言いました。

「あの大洪水が、天にまで溢れ、山を包み、丘陵の上まで水位が上ったとき、人々は、心を惑わせ、なす術がありませんでした。そこで私は、山川跋渉用の四つの乗りものを用いて、山野をかけめぐり、川の流れを妨げる朽木を伐採して道を作りました。そして、益と力を合わせて、人々に鳥獣の肉をすすめ、食べさせました。

ついで、天下の大河を切り拓き、四方の海へと水を流しました。さらに、田畑の間を流れる小川や溝を浚って大河へ流れ込むようにいたしました。そして稷と力を合わせて五穀の種をまき、食べるものがなく苦しんでいる人には鳥獣の肉をすすめて食べさせました。また、食糧の乏しい土地へは豊富な地方から食べ物を移入させ、互いに自己の住む地に多くある物資を交易するよう指導いたしました。こうして、人々は穀物を充分に食べることができるようになり、天下の諸国は、安らかに治まったのであります」

皐陶は言いました。「そうですか。私は貴公のこの立派な言葉を手本といたします」

禹は言いました。

「ああ帝よ、天子の位を、くれぐれも慎んで下さい」

帝は言いました。「もっともである」

禹は言いました。

「あなたの心が向かう方向を常に正しい道に止め、物事のひとつひとつの細かいところに心を配り、自らの身を安らかにしなければなりません。そして輔弼(ほひつ)の臣には、忠直の人を用いて下さい。このようにされてこそ、天子が行われることに対して、天下の人々も大いに呼応して、天子の御意志を待つことになるでしょう。

その結果、天子は、輝かしい天帝のお恵みを受けられ、天は天命があなたの上にあることを重ねて明らかにされるでしょう」

帝は申されました。

「ああ、政治をするに当たって、大切なのは臣下なのです。そばにいる臣下なのです。左右にいて私を輔佐してくれる、臣下こそが大切なのです」

禹は言いました。

「まことにそのとおりでございます」

◆帝曰、来、禹。汝亦昌言。禹拝曰、都、帝。予何言。予思二日孜孜一。皐陶曰、吁、如何。禹曰、洪水滔レ天、浩浩懐レ山襄レ陵、下民昏墊。予乗二四載一、随レ山刊レ木、曁レ益奏レ庶鮮食。予決二九川一、距二四海一、濬二畎澮一距レ川、曁レ稷播、奏二庶艱レ食鮮食。懋遷二有無一化レ居。烝民乃粒、万邦作レ乂。皐陶曰、兪。師二汝昌言一。
禹曰、都、帝、慎二乃在位一。帝曰、兪。禹曰、安二汝止一、惟幾、惟康、其弼直、惟動丕応徯レ志、以昭受二上帝一、天其申命用レ休。帝曰、吁、臣哉、隣哉。隣哉、臣哉。

禹曰、兪。


【語句解説】

昌言（しょうげん）——徳に満ちたためになる良い言葉。

孜孜（しし）——つとめて倦（う）まないこと。

昏墊（こんてん）——みだれおぼれる。水害に遭って苦しむこと。

四載（しさい）——禹が治水に使った四つの乗り物。舟、車、輴（じゅん）、欙（るい）。

鮮食（せんしょく）——新たに殺した鳥獣の肉、またこれを食すること。

畎澮（けんかい）――田畑の間の溝。灌漑のための用水路。

濬う（さら）――畦を作ること。

烝民（じょうみん）――「烝」は、数が多いこと。「烝民」は「たくさんの民」「万民」をいう。

徯つ（ま）――糸に繋がれたように縁につながれ、望みを繋いで待つこと。

休（きゅう）――「有り難い神の命令」、「天命」のこと。

夏書

甘誓(かんせい)

【甘誓とは】

「誓」は、軍隊で、衆を諫めるために使われる「宣言」を表す、『書経』の文体のひとつです。

禹は、堯が臣下の舜に、舜が臣下の禹に位を譲ったように、自らも臣下の益に位を譲ろうと考えていました。

ところが、禹が亡くなると、諸侯たちは、禹の子どもの啓(けい)に位を譲るべきだとして、啓が帝位に即(つ)いてしまいます。つまり「禅譲」が行われなくなってしまったのです。

この、啓の即位に反対し、叛乱を起こしたのが有扈(ゆうこ)の国でした。有扈は、陝西省(せんせい)右扶風(ゆうふう)にあったと言われます。この叛乱を鎮めるために、啓は、自ら兵士たちの前に立って、右扶風の郊外にある「甘」の野で、有扈と戦ったのでした。

『淮南子』には、「有扈氏、義を為せしも亡ぶ」と記されています。このことから、禅譲がなされなかったことに対して不満を抱く国が少なからずあったとも考えられます。

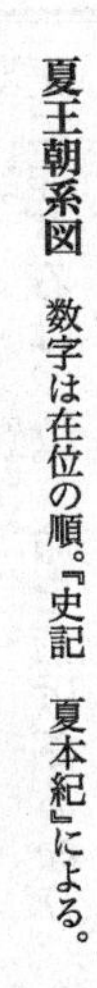

夏王朝系図　数字は在位の順。『史記　夏本紀』による。

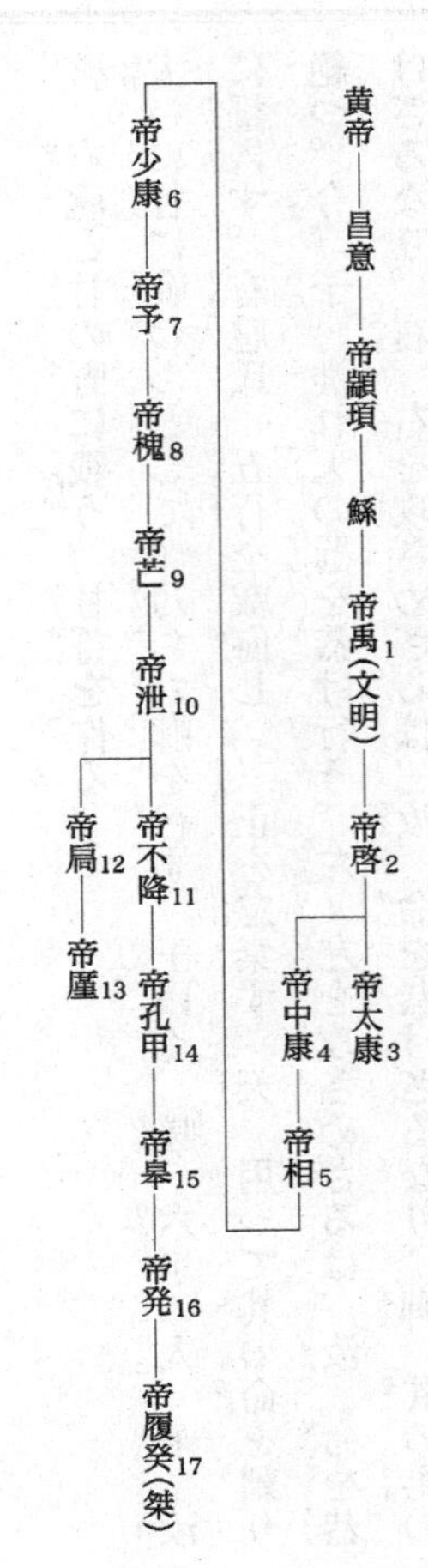

甘誓

啓　有扈と甘の野に戦う。甘誓を作る。
大いに甘に戦わんとして、乃ち六卿を召す。王曰く、嗟、六事の人。予　汝に誓告す。有扈氏　五行を威侮し、三正を怠棄す。天　用って其の命を剿り絶つ。今、予　惟れ天の罰を恭け行う。左　左を攻さめざるは、汝　命を恭けざるなり。右　右を攻さめざるは、汝　命を恭けざるなり。御　其の馬の正に非ざるは、汝　命を恭けざるなり。命を用うれば、祖に賞ぜん。命を用いずんば、社に戮せん。予　則ち汝を孥戮せん。

夏の啓王（禹の子）は、有扈の国と、甘の野で戦いました。それに際して

「甘誓」の篇が作られました。

夏の王啓が、甘の野で有扈氏と戦った時のことです。王は、六人の将軍を召して仰せになりました。

「ああ、六人の将軍よ、私は誓ってみんなに告げましょう。有扈氏は、仁義礼智信の五行のめぐりを侮蔑して断絶させ、我々が定めた天地人の正しい暦をすててかえりみません。そのために、天は今や有扈氏の運命を絶とうとしていらっしゃる。私は慎んで天の下したもう罰を代行しようと思うのです。

私の左にある者たちが、左側の戦闘に勉めないのであれば、私はその人を、私の命令に従わなかったものであると見做すでしょう。同じく、私の右にある者が、右側の戦闘に勉めないのであれば、私はその人を、私の命令に従わなかったものであると見做すでしょう。御者が、馬を正しく扱って戦車を走らさなければ、私の命令に従わなかったものであると見做すでしょう。

私の命令に正しく従えば、わが王室の祖廟の前で恩賞を与えましょう。しかし、命令に従わなければ、土地神の社で、死刑にしよう。その時には、お前の妻子をもあわせて死刑にされるのです」

◆啓与有扈戦于甘之野。作甘誓。大戦于甘、乃召六卿。王曰、嗟六事之人。予誓告汝。有扈氏威侮五行、怠棄三正。天用勦絶其命。今予惟恭行天之罰。左不攻于左、汝不恭命。右不攻于右、汝不恭命。御非其馬之正、汝不恭命。用命、賞于祖。弗用命、戮于社。予則孥戮汝。

【語句解説】

勦(き)る——分散した盗賊をさらえるようにして捕らえる。また一網打尽にして殺すこと。

戮(りく)す——バラバラに切って殺す、罪人を残酷なやり方で死刑にする。

孥戮(どりく)——「孥」は「妻と子」のこと。孥戮は、父の犯した罪に対して、妻や子まで刑罰に処すること。

五子之歌（ごししか）

【五子之歌とは】

夏王朝、第三代の王は、啓の子の太康（たいこう）が継ぎました。太康は、天子の位にあるにも拘（かか）わらず、政治に励まず、君主としての徳がありませんでした。

民衆は太康を怨みますが、そうしたことも構わずに、太康は、洛水（らくすい）の南に狩に出て、百日ほども帰りません。

太康の母と五人の弟たちは、洛水の北側で、禹が、王の戒めとして守りなさいと言って遺した言葉をもとに、歌を作って太康の罪を問うのです。

五子之歌（五人の王子たちの歌）

太康　邦を失う。昆弟五人、洛汭に須つ。五子之歌を作る。

太康　位を尸りて、以って逸豫し、厥の徳を滅す。黎民　咸な貳ず。乃ち盤遊度無く、有洛の表に畋して、十旬まで反らず。有窮の后羿、民の忍びざるに因りて、河に距む。厥の弟五人、其の母に御して以って従い、洛の汭に徯つ。五子咸な怨む。大禹の戒めに述って、以って歌を作る。

其の一に曰く、皇祖に訓有り。民は近づくべく、下すべからず。民は惟れ邦の本。本固ければ、邦寧し。予　天下を視るに、愚夫愚婦も、一に能く予に勝る。一人三失、怨みは豈に明なるのみに在らんや。見れざる　是れ図れ。予　兆民に臨むに、懍乎として朽索の六馬を馭するが若し。人上たる者、奈何ぞ敬せざらん。

其の二に曰く、訓に之有り。内に色荒を作し、外に禽荒を作し、酒に甘り音を嗜み、宇を峻くし牆に彫く。此に一も有りて、未だ亡びざるは或らず。

其の三に曰く、惟れ彼の陶唐、此の冀方を有す。今　厥の道を失い、其の紀綱を乱し、乃ち滅亡を厎す。

其の四に曰く、明明たる我が祖、万邦の君。典有り則有りて、厥の子孫に貽る。石を関して和鈞し、王府　則ち有つ。厥の緒を荒み墜して、宗を覆し祀を絶つ。

其の五に曰く、嗚呼　曷にか帰せん。予　之を懐いて悲しむ。万姓　予を仇とす。予　将た疇にか依らん。鬱陶乎たる予が心。顔厚にして忸怩たること有り。厥の徳を慎しまず。悔ゆと雖うも追うべけんや。

太康は邦を逐われてしまいました。五人の弟は、洛水の北側の岸辺で太康の帰りを待ち、「五子之歌」を作りました。

禹から三代目の、啓の子である夏の王・太康は、天子の位にありながら、政治に励まなかったため、君主としての徳を失いました。人々は皆、太康に背く心を抱きましたが、それにもかかわらず、際限なく楽しみ遊び、洛水の南に狩に出ると、百日も都に帰りませんでした。

はたして、有窮国の君主、羿は、夏の人々が苦しんでいることを知って、黄河の岸辺で、太康の帰り道を塞いだのです。

ところで、太康の弟たち五人は、母親に同伴して馬で太康に従っていましたが、洛水の北側で太康の帰りを待っていました。

五人の弟たちは、遊び惚けて人々の心が太康から離れてしまったことを怨み、大いなる禹の戒めの言葉に基づいてそれぞれ、歌を作ったのでした。

一番目の歌は、次のようなものでした。

「偉大なる皇祖、禹王は、戒めの言葉を遺された。人々に親しまれるようにしなければなりません。見下してはなりません。人々こそが国の基本です、基本の部分が堅固であれば、国は安泰なのです。私が見渡す限りの天下には、どれだけ愚かな男女にも、皆、私より優れた点が必ずありました（自分が一番だ、自分が正しいと思ってはならないのです）。

そもそも、人は、三つの過失が重なれば、必ず、怨みを招きます。怨みという者は、表面に現れたものだけが怨みではないのです。表面に現れていない怨みにこそ、思いを馳せなければなりません。私が人々に臨む時には、まるで六頭立ての馬車を腐った綱で御するように懼（おそ）れていたものです。人の上に立つものこそ、人々を敬っていなければならないのです」

その二番目の歌は、次のようなものでした。

「次のような戒めの言葉がありました。家では色欲に耽り、外では狩りに耽ってしまう。飲酒を好み、音楽に淫する。宮殿は大きく、垣根にも装飾を施す。君主として、このうちひとつでも当てはまるようなら、国は滅びてしまうだろうというものでした」

その三番目の歌は、次のようなものでした。

「そもそも、かの陶唐氏、帝の堯は、この冀州の地に都を定められました。ところが、太康は、堯帝の道を失い、堯帝が作られた政治の大綱を乱してしまいました。もはや、この国はいずれ滅びるに違いありません」

その四番目の歌は、次のようなものでした。

「輝かしい功績を作られた、わが祖先の大禹は、万にも数えられる国々の君主でありました。大禹は、国を治めるための典章法度を定め、それを、我等、子孫に残して下さったのでした。交易の道を拓き、国々が調和するような度量衡を定め、それによって王府の倉庫も満ちることになったのでした。ところが太康は、禹が創った道を失い、家を滅亡させ、祖先への祀りまでも絶やしてしまったのです」

その五番目の歌は次のようなものでした。

「ああ、これからどこに行けばよいというのでしょう。それを思うと、悲しまずにはいられません。すべての人々が、我々を怨んでいます。我々は、誰を頼りにすればいいのでしょうか。悲しみに鬱々としてしまう私の心。顔はほてり、心は忸怩（じくじ）たる思いです。やるべきことを行わず徳を惜しまなかったのだから、もはや、悔いると言っても取り返すすべはありません」

◆太康失レ邦。昆弟五人、須二于洛汭一。作二五子之歌一。

太康尸レ位、以逸豫、滅二厥徳一。黎民咸貳。乃盤遊無レ度。畋二于有洛之表一、十旬弗レ反。有窮后羿因二民弗一レ忍、距二于河一。厥弟五人、御二其母一以従、徯二于洛之汭一。五子咸怨。述二大禹之戒一、以作レ歌。

其一曰、皇祖有レ訓。民可レ近、不レ可レ下。民惟邦本。本固邦寧。予視二天下一、愚夫愚婦、一能勝レ予。一人三失、怨豈在レ明。不レ見是図。予臨二兆民一、懍乎若三朽索之馭二六馬一。為二人上一者、奈何不レ敬。

其二曰、訓有レ之。内作二色荒一、外作二禽荒一、甘レ酒嗜レ音、峻レ宇彫レ牆。有レ一二于此一、未レ或レ不レ亡。

其三曰、惟彼陶唐、有二此冀方一。今失二厥道一、乱二其紀綱一、乃底二滅亡一。

其四曰、明明我祖、万邦之君。有レ典有レ則、貽ニ厥子孫一。関レ石和鈞、王府則有。

荒ニ墜厥緒一、覆レ宗絶レ祀。

其五曰、嗚呼曷帰。予懐レ之悲。万姓仇レ予。予将疇依。鬱陶乎予心。顔厚有ニ忸怩一。

弗レ慎ニ厥徳一。雖レ悔可レ追。


【語句解説】


逸豫（いつよ）——遊び楽しむこと。「逸」は「放逸」、「豫」は「行楽」をいう。

貳（じ）ず——「二心を起こす」つまり、「信じられなくなってしまった」ということ。

盤遊（ばんゆう）——楽しみ、遊ぶこと。「盤」は「行楽」。

畋（かり）して——平野で鳥獣を追って捕殺すること。

十旬（じゅうじゅん）——百日。「旬」は「十日」。

汭（ぜい）——山西省（さんせい）を流れ、黄河に注ぐ汭水のこと。

訓（くん）——頼るべき昔の教え。

懍乎（りんこ）——「懍」は、ピリッと心身を引き締めること。心を引き締めて畏まることをいう。

色荒（しきこう）——色欲に荒（すさ）むことをいう。

禽荒(きんこう)――「禽」は「狩をすること」。狩に夢中になること。
宇(う)――宮殿の屋根のこと。
牆(しょう)――外の庭に設けられた壁。
冀方(きほう)――冀州、現在の山西省周辺をいう。
和鈞(わきん)――度量衡を定めること。
顔厚(がんこう)――面の顔の厚いこと。恥知らず。

胤征

【胤征とは】

啓の子の太康は、有窮国の羿によって帰り道を阻まれ、帰れなくなってしまいます。おそらく、殺されたのでしょう。

太康の後を継いで王位に即いたのは、太康の弟の仲康でした。仲康は、六軍の総司令官である大司馬の地位にある胤侯に、羲氏と和氏を征伐するように命じます。「胤征」という篇名は、ここに由来します。

羲氏と和氏は、堯帝の頃から、天文を観察し、暦を作る役職を担っていました。ところが、彼らは酒に溺れて職務を放棄していたのです。

胤侯は、兵士たちに向かって、天に対して、先王に対して、大罪を犯した羲氏と和氏を討つことの正義を伝えます。

胤征（胤の君主の征伐）

羲和湎淫して、時を廃し日を乱す。胤往きて之を征す。胤征を作る。

惟れ仲康　肇めて四海に位す。胤侯　命ぜられて六師を掌る。羲和　厥の職を廃し、厥の邑に酒荒す。胤后　王命を承けて徂きて征す。衆に告げて曰く、嗟、予が有衆。聖に謨訓有り。明徴にして定め保んずべし。先王　克く天の戒めを謹しみ、臣人も克く常憲を有す。百官　厥の后を修め輔けて、惟れ明明たり。毎歳　孟春、遒人　木鐸を以って路に徇る。官師は相規し、工は芸事を執りて以って諫む。其れ恭しからざる或れば、邦に常刑有り。

惟れ時の羲和、厥の徳を顛覆し、酒に沈乱し、官に畔き次を離れ、俶めて天紀を擾し、厥の司を遐棄す。乃ち季秋　月朔、辰　房に集わず。瞽　鼓を奏し、嗇夫馳せ、庶人走る。義和厥の官を尸りて、聞知すること罔し。天象に昏迷して、以って先王の誅を干せり。政典に曰く、時に先ずる者は、殺して赦すこと無し。時に及ばざる者も、殺して赦すこと無しと。

今予爾有衆を以って、天の罰を奉じ将わん。爾衆士、力を王室に同わせ、尚わくは予を弼けて、欽しみて天子の威命を承けよ。火崑岡に炎ゆれば、玉石倶に焚く。天吏の逸徳は、猛火よりも烈し。厥の渠魁を殲して、脅従は治むる罔かれ。汙俗に旧染する、咸な与に維れ新たなれ。嗚呼、威厥の愛に克たば、允に済る。愛厥の威に克たば、允に功罔し。其れ爾衆士、懋め戒めん哉。

(堯帝に命じられて天文暦法を司る官にあった)義氏と和氏は、酒に溺れ、職務を怠り、先祖以来行って来た暦法を乱してしまいました。

そこで、胤の国の君主が、行って彼らを征伐しました。そこで、この事を述べて「胤征」が作られました。

太康の後、仲康が嗣いで即位し、ようやくこの世界の君主となられました。胤侯は、この時、六軍の総指揮である大司馬の地位にありました。

羲氏と和氏は、自分たちの職務をないがしろにして、自分たちの領地に引きこもって酒に溺れてしまっていました。

胤侯は、仲康の命令を受け、これを征伐したのでした。

出陣に際して胤侯は次のように言いました。

「さあ、すべての我が兵士たちよ。聖人がお作りになった戒めがあります。それは明らかな拠り所があるもので、国を守り保つためのものなのです。その言葉には次のようにあります。『昔の王たちは、よく天の戒めを守り、臣下もその決まりごとを遵守しました。もろもろの役人たちは、その職務に励み、君主を正しく輔佐して、君主はいずれも明君であり、臣下もまたみな名臣だったのです。毎年、一月には遒人と呼ばれる官職の人たちが、木鐸を鳴らして道を廻り、こう言っていたものです。——あらゆる役人は、互いに相手の欠点を正しあうようにしなければなりません。工芸を行う人たちは、自分たちの仕事に喩えて、君主の過ちを諫めるようにしなければなりません、と。自分に与えられた職務に心を込めることができないのであれば、国には、そうした人に対する決まった刑罰があるのです』

ところが、かの義氏と和氏は、徳をないがしろにして、酒に溺れ、その官位に背いて、与えられた位の順番を乱し、天の秩序までも攪乱（かくらん）し、行うべき職務も放棄してしまったのです。そのために、秋の九月朔日、太陽と月が正しい星座のところで合わず、日食を起こしたのです。

楽官の瞽人（こじん）は太鼓を打ち鳴らし、王の命令を宣布する嗇夫の役人は走り回り、皆、慌てふためいたのです。しかし、義氏も和氏も、暦時を司る官職であったのに、なんとこの日食のことを知りもしなかったのです。つまり、天の現象を正しく理解できず、先王に対する大罪を犯してしまったのでした。政治に関して記された書物には次のように書かれています。『時に先んじて、行いをしたものは殺し、赦（ゆる）してはならない。時に遅れて、行いをしたものは殺し、赦してはならない』

今、わたしは、おまえたち、すべての者とともに天に代わって、彼らに罰を与えます。おまえたち、王室のために力を合わせようではありませんか。願わくは、私を輔佐し、謹んで天子の命令を受けてくれるように。火が崑山を焼けば、玉も石も燃えてしまう。ところが、天子の役人が徳をないがしろにすれば、それよりひどい結果が起こってしまいます。徳をないがしろにする首領は殺してしまわなければならないのです。ただ、彼らに脅されて加わったものたちの罪を問うてはなりません。長いこと、義氏と和氏との間の悪い習慣に染まっていた者たちも、その罪は水に流して、皆一緒に、初めからやり直そうではありませんか。ああ、君主の威厳が、愛おしみの心に勝れば、きっとこの放伐は成功するに違いありません。兵士たちよ、私の言葉をしっかりと心に留め、彼らを征伐して欲しいのです」

◆義和湎淫、廃レ時乱レ日。胤往征レ之。作二胤征一。

惟仲康肇位二四海一。胤侯命掌二六師一。義和廃二厥職一、酒二荒于厥邑一。胤后承二王命一徂征。告二于衆一曰、嗟予有衆。聖有二謨訓一。明徴定保。先王克謹二天戒一、臣人克有二常憲一。百官修二輔厥后一、惟明明。毎歳孟春、遒人以二木鐸一徇二于路一。官師相規、工執二芸事一以諫。其或レ不レ恭、邦有二常刑一。

惟時義和顚二覆厥徳一、沈二乱于酒一、畔レ官離レ次、俶擾二天紀一、遐二棄厥司一。乃季秋月朔、辰弗レ集二于房一。瞽奏レ鼓、嗇夫馳、庶人走。義和尸二厥官一、罔二聞知一。昏二迷于天象一、以干二先王之誅一。政典曰、先レ時者、殺無レ赦。不レ及レ時者、殺無レ赦。

今予以二爾有衆一、奉二将天罰一。爾衆士同二力王室一、尚弼レ予、欽承二天子威命一。火炎二崑岡一、玉石倶焚。天吏逸徳、烈二于猛火一。殲二厥渠魁一、脅従罔レ治。旧二染汙俗一、咸与惟新。嗚呼、威克二厥愛一、允済。愛克二厥威一、允罔レ功。其爾衆士、懋戒哉。

【語句解説】

謨訓(ぼくん)——国家の大計。王の模範となる教戒。

孟春(もうしゅん)——春の初め。陰暦正月の異名。

木鐸（ぼくたく）——舌が木製の金属の鈴。文事に関する政教を人々に触れ回す時に鳴らされた。転じて、世の指導者という意味でも使われる。

常刑（じょうけい）——定まった刑法、一定の刑法。

俶（はじ）め——物事の小さい起こり始めのことをいう。

天紀（てんき）——天の綱紀。天象の運行する原則のこと。

遐棄（かき）——もと、「遠ざけて見棄てること」を言った。ここから「職守を離れて、自ら棄てる」ことの意味で使われる。

嗇夫（しょくふ）——官名。司空の属官。

聞知（ぶんち）——耳に聞いて、心に知ること。

渠魁（きょかい）——親玉、首領、巨魁。

汙俗（おぞく）——悪習、悪い慣わしのこと。

商書

湯誥（とうこう）

【湯誥とは】

夏の第十七代の王、桀（けつ）は民衆を苦しめる政治を行ったために、商（しょう）（現・河南省安陽県（かなんしょうあんようけん））にいた湯（とう）によって滅ぼされます。

桀王との戦いの前に作られたのが、商書の第一篇「湯誓」です。また湯が桀王に勝利し、桀王を殺さず、南巣（なんそう）に放逐したということが書かれるのが、第二篇「仲虺之誥」です。そして、第三篇「湯誥」で、湯が王として即位し、都を亳（はく）に置き、天命を受けて、人々のために政治をすることを宣言するのです。

この中で、湯王は、つねに、天地の神の罪を得ることがないかどうかを考えて行動をするということを人々に告げ、人々に対しても「誠実」という道に従って、商王朝が永遠に栄えるために邁進して欲しいと言うのです。

湯誥

湯既に夏命を黜け、亳に復帰す。湯誥を作る。

湯誥（湯王の宣言）

王 夏に克ちてより帰りて、亳に至り、誕いに万方に告ぐ。王曰く、嗟、爾、万方の有衆、明らかに予一人の誥を聴け。惟れ皇たる上帝、衷を下民に降す。恒ある性に若いて、克く厥の猷を綏んずるは、惟れ后なり。夏王 徳を滅し、威を作して、以って虐を爾 万方の百姓に敷く。爾 万方の百姓、其の凶害に罹りて、荼毒に忍びず。並びに無辜を上下の神祇に告ぐ。天道は善に福し、淫に禍す。災を夏に降して、以って厥の罪を彰す。肆に台小子、天命の明威を将い、敢て赦さず。敢て玄牡を用いて、敢て昭かに上天の神后に告げて、罪を有夏に請う。聿に元聖を求め、之と力を戮せて、以って爾　有衆と命を請う。上天　孚に下民を佑けて、罪人　黜伏す。天命　僭わず。賁たること草木の若し。兆民　允に殖す。予一人をして爾の邦家を輯寧せしむ。茲れ朕　未だ戻を上下に獲るを知らず。慄慄として危懼し、将に深淵に隕ちんとするが若し。凡そ我の造めし邦、彝ならざるに従うこと無かれ。慆淫に即くこと無かれ。各　爾の典を守りて、以って天の休を承けよ。爾　善有らば、朕　敢て蔽わず。罪　朕が躬に当らば、敢て自ら赦さず。惟れ簡ぶこと　上帝の心に在り。其れ爾　万方罪有らば、予一人に在らん。予一人　罪有らば、爾　万方を以ってすること無けん。嗚呼、尚は克く時れ忱なれ。乃ち亦た終り有らん。

湯王は、夏に与えられていた天命を取って斥け、亳に凱旋しました。そして湯誥が作られました。

湯王は、夏に勝利して、亳の地に帰ると、大いに、万方の人々に宣言をして言われたのです。

「ああ、おまえたち、天下のすべての地方の人々よ、よく私の宣言する言葉を聞いておいてもらいたいのです。大いなる天の上帝は、心の正しさという性質を人々にお与えになった。その普遍の善という人の性質に基づいて、正しい道を守り導くことが、君主たる者なのです。ところが、夏の王は、徳を失い、威圧するような刑罰ばかりを重くして、残虐な政治を、天下のすべての人々に対して行いました。天下のすべての人々は、凶悪な害を被り、苦い草を口にし、サソリに刺されたがごとく、堪え忍べるものではありませんでした。そこで人々は、自分たちが無実であることを天神地祇に訴えたのでした。

天の道は、善いことをなす人に福を授け、淫虐(いんぎゃく)な人には禍を下すものなのです。はたして、天は、天変地異を夏に降し、それによって夏王の罪を天下に明示しました。

だから、私は、天が命じた明らかな刑罰を行い、決して赦すまいとしたのです。

敢えて黒い色の雄の牛を犠牲として捧げ、敢えて明らかに上天の神々に告げて、我々がなぜこのような罪を夏の王から受けなければならないかと問うたのでした。そしてここに哲人である伊尹を得て、力を合わせて、あなた方みなと天命を得ることを願ったのです。

上天は、地上の人々を助けて、罪人である夏の桀王は退位をさせられたのです。天の命令に間違いなどありません。桀の退位後、天下は湧くように素晴らしくなったのは、まるで草木の茂るのと同じようです。そして億兆の人々は活き活きとした生活をするようになったのです。

天は、私に、あなた方の国や家、国の諸侯、卿大夫を纏めて安寧にするように命じられました。しかし、私は、桀王を伐ったことで、天地の神々から罪を得ることになるのではないかと思うのです。それを思えば、心は恐れ戦くように危惧し、深い淵に陥ってしまいそうな気持ちになるのです。

私が創(はじ)めたこの王朝においては、普遍のものである教え以外に従ってはなりません。自分の気持ちを驕らせたり、心を淫するようなことをしてはなりません。皆、ひとりひとりが自分に与えられた普遍の教えを守り、天の美しい道を受けるようにして欲しいのです。

皆が善の道にあれば、私はその善を讃えましょう。もし罪がわが身にあったとすれば、私は自分自身を赦しはしません。その善であるか、罪に当たるかの判断は、上帝の心にあるのです。

もし天下のすべての人々に罪があるとするならば、その罪は、私だけにあるのです。

ああ、すべてのことが誠であってくれと願うばかりです。

そうしてこそ、初めて永遠に褒め称えられる業績を遺すことができるのです」

◆湯既黜㆓夏命㆒、復‐帰㆓于亳㆒。作㆓湯誥㆒。

王帰㆑自㆑克㆑夏、至㆓于亳㆒、誕告㆓万方㆒。王曰、嗟爾、万方有衆、明聴㆓予一人誥㆒。惟皇上帝、降㆓衷于下民㆒。若㆓有㆑恒性㆒、克綏㆓厥猷㆒、惟后。夏王滅㆑徳、作㆑威、以敷㆓虐于爾万方百姓㆒。爾万方百姓、罹㆓其凶害㆒、弗㆑忍㆓荼毒㆒、並告㆓無辜于上下神祇㆒。天道福㆑善、禍㆑淫。降㆓災于夏㆒、以彰㆓厥罪㆒。肆台小子、将㆓天命明威㆒、不㆓敢赦㆒。敢用㆓玄牡㆒、敢昭告㆓于上天神后㆒、請㆓罪有夏㆒。聿求㆓元聖㆒、与㆑之戮㆑力、以与㆓爾有衆㆒請㆑命。上天孚佑㆓下民㆒、罪人黜伏。天命弗㆑僭。賁若㆓草木㆒。兆民允殖。俾㆔予一人輯‐寧㆓爾邦家㆒。茲朕未㆑知㆑獲㆓戾于上下㆒。慄慄危懼、若㆑将㆑隕㆓于深淵㆒。凡我造邦、無㆑従㆑匪㆑彝。無㆑即㆓慆淫㆒。各守㆓爾典㆒、以承㆓天休㆒。爾有㆑善、朕弗㆓敢蔽㆒。罪当㆓朕躬㆒、弗㆓敢自赦㆒。惟簡‐在㆓上帝之心㆒。其爾万方有㆑罪、在㆓予一人㆒。予一人有㆑罪、無㆑以㆓爾万方㆒。嗚呼、尚克時忱。乃亦有㆑終。

【語句解説】

亳（はく）——現・河南省北部にあったという殷（いん）の湯王の都の名。

誕いに（おおいに）——「ここに」とも読む場合がある。文頭につける助詞で、特に意味はない。

誥（こう）——天子が下す布告文。

猷（みち）——「猶」と書かれる場合もある。長くのびた道。

荼毒（とどく）——「荼」は「苦い菜」、「毒」は「害毒を与えるもの」。ここから苦痛、暴虐、害悪を意味するようになる。

玄牡（げんぼ）——黒い牡牛。夏王朝では黒を貴んで犠牲に黒の牡牛を用いた。これを踏襲して殷の初期にも黒い牡牛が犠牲として尊ばれた。

有夏（ゆうか）——夏王朝のこと。「有」は助辞で、とくに何も意味しない。

元聖（げんせい）——大聖。徳の優れた聖人。

輯寧（しゅうねい）——やわらげ安んずること。

戻（つみ）——道理や人情にもとること。不正をいうことから「つみ」と読む。

慆淫（とういん）——あなどりみだらなこと。ほしいままでみだらなこと。逸楽。

忱（まこと）——「誠」と同じ。「誠心誠意」の意味。

伊訓

【伊訓とは】

湯王は崩じました。その子の太丁が、王位を継承するはずだったのが、太丁は早く亡くなってしまいます。そこで、二代目に太丁の弟・外丙、三代目にまたその弟の仲壬が王位に即きますが、この時代は長く続きませんでした。そして、四代目の王として、太丁の子である太甲が即位します。

太甲に対して、臣下の伊尹が訓誡を行いました。これが「伊訓」です。

伊尹は、湯が王となって以来、三代にわたって王を輔佐した臣下でした。

伊尹は言います。最初が肝心です。身内の者から仁愛の徳を広めて下さい。畏敬の道を確立するために目上の人を大事にして下さい、仁愛と畏敬の徳を、全国に広めるのが太甲の王としての務めです、と。伊尹は、今こそ、湯王の徳を顕彰し、湯王が成し遂げようとした道を太甲が踏むことを勧めるのです。

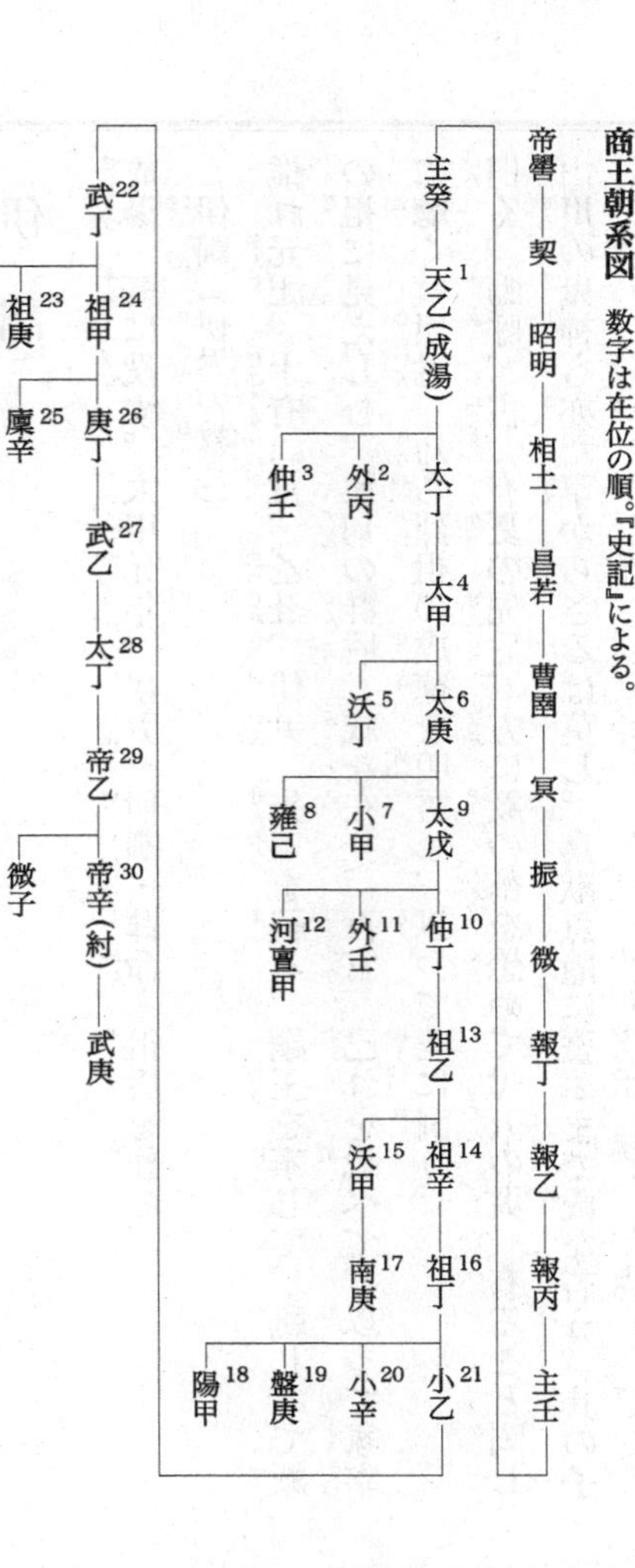

商王朝系図　数字は在位の順。『史記』による。

伊訓

成湯既に没す。太甲元年、伊尹、伊訓・肆命・徂后を作る。

伊訓（伊尹の教え）

惟れ元祀、十有二月、乙丑、伊尹先王を祠る。嗣王を奉じて、祗しみて厥の祖に見えしむ。侯甸の群后咸な在り。百官己れを総べて、以って冢宰に聴く。伊尹乃ち烈祖の成徳を明言し、以って王に訓う。

曰く、嗚呼、古有夏の先后、方に厥の徳を懋めて、天の災有ること罔し。山川の鬼神も亦た寧からざるは莫し。鳥獣魚鼈に曁ぶまで咸な若う。其の子孫に于いて率わず。皇天災を降して、手を我が有命に仮る。造めて攻むるに鳴条よりするは、朕哉むること亳よりす。惟れ我が商王、聖武を布昭し、虐に代うるに寛を以ってし、兆民　允に懐く。今、王　厥の徳を嗣ぐ。初めに在らざること罔し。愛を立つるは惟れ親、敬を立つるは惟れ長。家邦に始まり、四海に終う。

嗚呼、先王　肇めて人紀を修む。諫に従いて咈らず。先民　時れ若う。上に居りて克く明。下と為りて克く忠。人に与するは備わるを求めず。身を検するは及ばざるが若し。以って万邦を有つに至る。茲れ惟れ艱い哉。哲人を敷求して、爾後嗣を輔けしむ。官刑を制して、有位を儆む。曰く、敢て宮に恒舞し、室に酣歌する有り、時を巫風と謂う。敢て貨色を殉めて、遊畋を恒にする有り、時を淫風と謂う。敢て聖言を侮り、忠直に逆らい、耆徳を遠ざけ、頑童を比づく有り、時を乱風と謂う。惟れ茲の三風十愆、卿士身に一も有れば、家　必ず喪い、邦君　身に一も有れば、国　必ず亡ぶ。臣下　匡さざれば、其の刑　墨なり。具さに蒙士に訓う。

嗚呼　嗣王、厥の身を祇しみて念わん哉。聖謨　洋洋として、嘉言　孔だ彰かなり。惟れ上帝常ならず。善を作せば之に百祥を降し、不善を作せば之に百殃を降す。爾惟れ徳小とすること罔く、万邦惟れ慶せん。爾惟れ不徳大とすること罔きも、厥の宗を墜さん。

湯王はまもなく崩御しました。太甲が即位した元年、伊尹が「伊訓」「肆命」「徂后」を作りました（「肆命」「徂后」は亡佚しました）

太甲元年、十二月、乙丑の日、伊尹は、先の王である湯王を祀りました。この時、跡継ぎの王である太甲を導き、慎んでその祖父の廟に拝礼させたのです。畿内の領主、諸国の君主たちが皆、そこにはひかえておりました。百官たちは身を慎み、冢宰の命令を聴いていました。

伊尹は、湯王の功績と王としての徳を明言し、太甲に訓辞したのです。

伊尹は言いました。

「ああ、むかしの夏の先君はよくその徳を修め、天帝も災異を降すことがありませんでした。そして山川の鬼神も安らかでありました。その徳は、鳥獣、魚、亀の類いにまで及び、それぞれの性質に従って生育を遂げることができました。ところがその子孫の桀王は、祖先の徳に従わなくなったのでした。天帝は災いを降し、新たに天命を受けた我が湯王の手を借り、桀を放伐したのです。桀の住んでいた鳴条の地で桀を破ることができたのは、湯王が、商王朝の都、亳の地から徳を修められたからです。

我が商王朝の王・湯王は、聖徳と武威とを天下に敷き広め、桀の残虐に代わるに寛容の心をもってされたからこそ天下の人々は、皆、心から懐いたのであります。

今、王は、先王の徳を継ごうとしておられます。そのためには、初心の戒めを守ることにあります。仁愛の道を立てるためには、まず、身内から。畏敬の道を立てるためには、まず、年長の者から。これを家や国からはじめて、全世界に及ぼさなければなりません。

ああ、先王は、始めに人が人としてあるべき教えを定められました。臣下が諫める言葉を聞き入れて逆らうことはありませんでした。そして、昔の人々の言葉によく従われました。人の上に立っては、人々の生活にもよく目を配り、年長者の前にあっては真心を尽くして仕えられました。さらに、他人には完全であることを求めたりせず、自分自身はまだ至らない人だと思っておられました。こうしてすべての国を守っていかれたのです。このように、王であるということは、とても困難なことなのです。

湯王様は、賢人を広く求め、跡継ぎとなられるあなたの輔佐とされました。また、官吏を取り締まる規則を作り、官位にある人々に諫めて、次のように言われました。「宮中で舞い、家で酔って歌う。このようなことを『巫風』という。財貨や女色を求め、旅や狩猟に耽る。このようなことを『淫風』という。聖人の言葉を侮蔑し、真心のある正しい人に逆らい、年を取った徳のある人を遠ざけ、愚かな若い人と馴れ合う。これを『乱風』という。この三つの風、十の過ちのうち、卿大夫や士人などの官位を持つ人が、その一つでも身につけることがあったとすれば、その家は必ず亡びることになるでしょう。諸国の君主が、その一つでも身につけることがあったとすれば、その国は亡びることになるでしょう。臣下で、上の者がこうしたことになっているのを諫め正すことがなければ、その臣下は入れ墨の刑に処しましょう」

このように、下々の官吏にまで教えを説かれたのです。

ああ、先王を継ぐ王様、その身を慎み、先王のことを思い続けて下さい。聖人が定めた規律はとても広く、その優れた言葉はとても大切なものなのです。天帝の思いは常ならぬものです。善いことをする人には百の幸いを降し、善くないことをする人には百の災いを降されるのです。あなたの徳は小さなものではなく、すべての国々の人々が、それを慶びとするでしょう、しかし、あなたの徳に適わない行いは、たとえそれが大きなものでなくとも、先祖代々伝わったあなたの家を滅ぼすことになるのです」

◆成湯既没。太甲元年、伊尹作二伊訓・肆命・徂后一。

惟元祀、十有二月、乙丑、伊尹祠二于先王一。奉二嗣王一、祗見二厥祖一。侯甸群后咸在。百官総レ己、以聴二冢宰一。伊尹乃明二言烈祖之成徳一、以訓二于王一。曰、嗚呼、古有夏先后、方懋二厥徳一、罔レ有二天災一。山川鬼神亦莫レ不レ寧。曁二鳥獣魚鼈一咸若。于二其子孫一弗レ率。皇天降レ災、仮二手于我有命一。造攻自二鳴条一、朕哉自レ亳。惟我商王、布二昭聖武一、代レ虐以レ寛、兆民允懐。今王嗣二厥徳一。罔レ不レ在レ初。立レ愛惟親、立レ敬惟長。始二于家邦一、終二于四海一。

嗚呼、先王肇修二人紀一。従レ諫弗レ咈。先民時若。居レ上克明。為レ下克忠。与レ人不レ求レ備。検レ身若レ不レ及。以至三于有二万邦一。茲惟艱哉。敷二求哲人一、俾レ輔二于爾後嗣一。制二官刑一、儆二于有位一。曰、敢有下恒二舞于宮一、酣中歌于室上、時謂二巫風一。敢有下殉二于貨色一、恒中于游畋上、時謂二淫風一。敢有下侮二聖言一、逆二忠直一、遠二耆徳一、比中頑童上、時謂二乱風一。惟茲三風十愆、卿士有レ一二于身一、家必喪、邦君有レ一二于身一。国必亡。臣下不レ匡、其刑墨。具訓二于蒙士一。

嗚呼嗣王、祗二厥身一念哉。聖謨洋洋、嘉言孔彰。惟上帝不レ常。作レ善降二之百祥一、作二不善一降二之百殃一。爾惟徳罔レ小、万邦惟慶。爾惟不徳罔レ大、墜二厥宗一。

【語句解説】


侯甸（こうでん）――王城の外五百里を甸服といい、その外五百里を侯服という。

冢宰（ちょうさい）――天子を輔佐し百官を統御する役。

烈祖（れっそ）――功業の大いなる先祖。

布昭（ふしょう）――広く天下に明示すること。

咈（もと）らず――「違」と同じ意味。「弗」と同じで「しからず」「いな」という意味。

墨（ぼく）――入れ墨の刑。

蒙士（もうし）――まだ道理が分かっていない人たち。

聖謨（せいぼ）――天子のはかりごと。

百祥（ひゃくしょう）――たくさんの祥瑞。

百殃（ひゃくおう）――たくさんの災い。

太甲（たいこう）

【太甲とは】

太甲は王に即位します。

ところが、伊尹の教えに従うことはありませんでした。さらに、あろうことか父・太丁の喪に服する礼すら欠いてしまう有様でした。

そこで、伊尹は、太甲を、湯王を埋葬した「桐」の墓所に強制的に行かせ、三年の喪に服させたのでした。

三年の喪が明けて都の亳に帰ってきた太甲に、伊尹が再び訓誡を行います。

伊尹は、太甲の祖父である湯王が、いかに自らを律して、君臣の忠告を心して聞き、人々の日々の生活を第一義に考えて政治を行ったかということを伝えるのです。

これを聞いた太甲は、三年の間、桐で喪に服すことによって、伊尹の言葉に従い湯王の聖道を思うことができたと伊尹に告げます。

これを聞いて、伊尹は再び太甲に、王としての心の持ち方、本来の政治の目的を説くのです。

■コラム　喪に服することについて

中国古代の「喪服の礼」については、『儀礼』や『礼記』に詳しく記されています。古く、中国では、父母の死に対して「三年の喪」に服すと言われてきました。親が亡くなると、子は冠を脱ぎ、履き物を脱いで裸足となり、両手を交え、足踏みして哭泣します。三日間、喉が痛くて食物を口に入れられないほどになるまで泣くのです。二日目に小斂という死者の衣服を替えると言う儀式を行い、三日目に再び死者の衣を替えて納棺します。この時も何度も哭泣し衣服の肩を脱いで手足を動かします。葬儀を行い、家に帰ると、喪主は、喪屋という別の家に三年間あって母屋に帰ることなく、喪に服します。その際、寝るにも土を枕とし、そまつな藁で作った菰（こも）をかぶって寝ます。また、君主の地位にある人は、三年間、言葉を吐かないとされています。

太甲

惟れ嗣王 阿衡に恵わず。伊尹 書を作りて曰く、先王 諟の天の明命を顧みて、以って上下の神祇に承く。社稷宗廟、祇粛せざるは罔し。天 厥の徳を監て、用って大命を集め、万方を撫綏せしむ。惟れ尹が躬 克く厥の辟を左右して、師を宅らしむ。肆に嗣王 丕いに基緒を承く。惟れ尹が躬 先ず西邑 夏を見るに、周を自いて終ること有り。相も亦た終ること有り。相も亦た惟れ終る。其の後の嗣王、克く終ること有る罔し。相も亦た終る罔し。嗣王 戒めん哉。爾の厥の辟たるを祗しめ。辟 辟たらざれば、厥の祖を忝しむ。

王 惟れ庸にして、念聞する罔し。伊尹 乃ち言いて曰く、先王 昧爽に丕顕し、坐して以って旦を待ち、旁く俊彦を求め、後人を啓迪す。厥の命を越して以って自から覆ること無かれ。乃の倹徳を慎しみ、惟れ永図を懐え。機を虞りて張り、往きて括を度に省みて則ち釈つが若し。厥の止まるを欽しみ、乃の祖の行う攸に率わば、惟れ朕 以って懌び、万世 辞有らん。王 未だ変ずること克わず。伊尹曰く、茲れ乃の不義、習いて性と成る。予 弗順に狎れしめず。桐宮を営み、先王に密邇せば、其れ訓えられて世をして迷わ俾むること無からん。王 桐宮に徂きて憂に居る。克く允の徳を終う。

湯王の跡を継いだ王（太甲）は、阿衡の官位にあった伊尹の言葉に従いませんでした。そこで伊尹は、文書を作って次のように進言したのです。

「先王である湯王様は、あの天帝の明らかな命令を目ではっきりと見て、天地の神に仕えられたのです。土地の神と護国の神々、宗廟に祀られる御先祖に対しても、恭しく身を慎ましくしていらっしゃらないことはありませんでした。天は、湯王の徳を御覧になって、天下を湯王に授けるという大いなる命令を授け、すべての国々を湯王に懐け安んじたのです。私、伊尹も湯王の左右にあって輔佐し、天下の人々の様々な職業の指導をしたのです。このようにして、先王が為された徳の上に立って、太甲様は、天下を保つという最も大切な仕事を受けることになられたのです。

私伊尹が、先に西の国、夏王朝を訪ねて見た折、夏王朝は忠義によって君主としての偉業をやり遂げていました。臣下たちも忠義によってこれをやり遂げておりました。しかし、その君主の跡を継いだ王は、やり遂げることができず、臣下もまたやり遂げることができなかったのです。跡を継がれる王よ、自ら戒めて下さい。自ら、君主としてあることを慎んで大切にしてください。君主が君主としての道を守らなければ、御先祖を辱めることになるのです」

ところが、王は、伊尹にこうしたことを言われても今までと変わらず、伊尹の言葉を心に留めようともなさいませんでした。そこで伊尹はこのように進言しました。

「先王は、夜明けから身を清めて心を静め、その徳を明らかにして静坐して朝が来るのを待ち、政治をとり行われました。また、広く優れた人材を求め、後世の人々に目を見開かせ、正しい徳に導こうとしたのであります。この先王のありがたきおぼしめしに背いて、天命を失墜させ、自ら国をくつがえしてはなりません。あなたに課せられた倹約の徳を守り、王朝に与えられた永遠の企図をおはかりください。

狩りをする山番人が、弓の弦を引き絞るとき、軽々しく矢を発せず、まず矢はずが照準の度に合っているかどうかを確かめた上で矢を放つように、そなたも軽々しい振る舞いは慎んでください。人としてとどまるべき境地を守り、そなたの祖父、成湯の踏み行った道に従えば、私も嬉しく存じます。また万世の後まで徳をたたえられるでしょう」

ところが王は相変わらずでした。

伊尹は進言しました。

「あなたのよからぬ行いは、習慣がいつの間にか本性となったものでございます。私は、これ以上あなたを正道に従わない者どもと、慣れ親しませることはできません」

そして、湯王の墓所である桐の地に宮殿を建て、そこに太甲を移り住まわせ、絶えず教えを受けさせるようにすれば、世の人々を惑わせるようなことはないだろうとしたのでした。

王は桐の宮にゆき、憂いの中に三年を過ごし、ついに誠の徳を身につけるに至ったのです。

◆惟嗣王不レ恵二于阿衡一。伊尹作レ書曰、先王顧二諟天之明命一、以承二上下神祇一。社稷宗廟、罔レ不二祗粛一。天監二厥徳一、用集二大命一、撫二綏万方一。惟尹躬克左二右厥辟一、宅レ師。肆嗣王丕承二基緒一。惟尹躬先見二于西邑夏一、自レ周有レ終。相亦惟終。其後嗣王、罔二克有一レ終。相亦罔レ終。嗣王戒哉。祗二爾厥辟一。辟不レ辟。忝二厥祖一。王惟庸、罔二念聞一。伊尹乃言曰、先王昧爽丕顕、坐以待レ旦、旁求二俊彦一、啓二迪後人一。無下越二厥命一以自覆上。慎二乃倹徳一、惟懐二永図一。若下虞レ機張、往省二括于度一則釈上。

欽㆓厥止㆒、率㆓乃祖攸㆑行㆒、惟朕以懌、万世有㆑辞。

王未㆑克㆑変。伊尹曰、茲乃不義、習与㆑性成。予弗㆑狎㆓于弗順㆒。営㆓于桐宮㆒、密㆓邇先王㆒、其訓無㆑俾㆓世迷㆒。王徂㆓桐宮㆒居㆑憂。克終㆓允徳㆒。


【語句解説】


阿衡（あこう）――殷の時代の宰相。天子が頼って平和を為すに力のあった人。殷の伊尹のこと。

祗粛（ぎしゆく）――つつしんで厳粛であること。

撫綏（ぶすい）――鎮めて安泰にすること。

躬（み）――「身」と同じ。

辟（きみ）――人を平伏させて納める人。君王。

昧爽（まいそう）――夜の明け方。朝まだき。

丕顕（ひけん）――おおいに明らかになること。

俊彦（しゆんげん）――才能の優れた人。「彦」は男子の美称。

啓迪（けいてき）――教え導くこと。「啓発」と同じ。

弗順（ふつじゆん）――従順でないこと。

密邇（みつじ）――寄り添うこと、間近く接すること。

惟れ三祀、十有二月朔、伊尹　冕服を以って、嗣王を奉じて亳に帰る。書を作りて曰く、民　后に非ざれば、克く胥い匡して以って生くること罔し。后民に非ざれば、以って四方に辟たること罔し。皇天　有商を眷佑し、嗣王をして克く厥の徳を終えしむ。実に万世無疆の休なり。王　拝手稽首して曰く、予小子　徳に明らかならず。自ら類からざるに底す。欲　度を敗り、縦　礼を敗りて、以って戻を厥の躬に速く。天の作せる孽は猶お違くべし。自ら作せる孽は逭るべからず。既往　師保の訓えに背きて、厥の初めを克くせず。尚くは匡救の徳に頼りて、惟れ厥の終りを図らんことを。

伊尹　拝手稽首して曰く、厥の身を修め、允徳　下に協うは、惟れ明后なり。先王　困窮を子とし恵めば、民　厥の命に服す。悦ばざること有る罔し。並びて其れ邦を有つに、厥の隣り乃ち曰く、我が后を徯つ。后来らば罰無からん。王　乃の徳を懋め。乃の厥の祖に視て、時れ豫怠すること無かれ。先に奉ずるは孝を思い、下に接するは恭を思え。遠きを視るは惟れ明、徳を聴くは惟れ聡ならば、朕王の休を承けて、斁うこと無からん。

太甲の三年十二月朔日、伊尹は、湯王のための三年の喪が明けたので、正装して、太甲を奉じて、亳の都に帰りました。そして、一書を太甲に記して次のように伝えました。

「君主がいなければ、人々は、互いを正し合って生きていくことはできません。はたして君主も、人々がいなければ、四方に君であることはできません。大いなる天は、湯王以来商のことを顧みられ、湯王の跡継ぎである太甲様が、その徳を完成されるようにされたのです。これはまことに、万世に無窮の恩恵でございます」

すると、王は、拝手稽首の礼をして仰いました。

「私は、徳を明らかにすることができませんでした。そして、みずから善くない行動をしてしまったのです。自分の欲が度を越し、自分の勝手気ままな行いが礼の決まりを越し、みずから起こした罪を、自分の身に招いたのです。天が降される災いは、まだ避けることができるかもしれません。しかし、自分が作った災いは、逃れることができません。さきに、師保である伊尹、あなたの戒めに背き、わたしは、在位の初めをよくすることができませんでした。願わくは、悪を正し危うきを救うあなたの徳に従って、その終わりを善いものにしたいと思うのです」

伊尹は、拝手稽首の礼をして言いました。

「その身を修め、その正しい徳が、人々の心にもよく合致するということが、まさに明君なのでございます。先王は、困窮した人々を、自分の子どものように大切にされたので、人々も先王のご命令に従いました。そしてそのことを喜ばないものはなかったのです。諸侯たちも、王と一緒になって国を並び治める時、その隣国の諸侯は、いつも仰いました。『我が湯王を待っております。湯王が来られれば、我々は罰を受けることはありませんでしょうから』と。太甲様、どうぞあなた様の徳にお励み下さい。あなた様の御先祖様のなさったことをよく思い出して見られ、気を許したり怠けたりすることがないようにして下さいませ。御先祖様には孝の思いを抱かれ、配下の者に接するにも恭しさの思いを抱いて下さい。遠くを見通す力に対して明らかな目を持ち、徳ある言葉を聞くためには聡くあって頂ければ、私は王の素晴らしさを頂き、いつまでもそれをありがたいと思うでしょう」

◆惟三祀、十有二月朔、伊尹以二冕服一、奉二嗣王一帰二于亳一。作レ書曰、民非レ后、罔二克胥匡以生一。后非レ民、罔三以辟二四方一。皇天眷二佑有商一、俾三嗣王克終二厥徳一。実万世無疆之休。王拝手稽首曰、予小子不レ明二于徳一。自底レ不レ類。欲敗レ度、縦敗レ礼、以速二戾于厥躬一。天作孽猶可レ違。自作孽不レ可レ逭。既往背二師保之訓一、弗レ克二于厥初一。尚頼二匡救之徳一、図二惟厥終一。

伊尹拝手稽首曰、修二厥身一、允徳協二于下一、惟明后。先王子二恵困窮一、民服二厥命一。罔レ有レ不レ悦。並其有レ邦、厥隣乃曰、徯二我后一。后来無レ罰。王懋二乃徳一。視二乃厥祖一、無二時豫怠一。奉レ先思レ孝、接レ下思レ恭。視レ遠惟明、聴レ徳惟聡、朕承二王之休一、無レ斁。

【語句解説】

冕服(べんぷく)――貴人が礼服として着ける冠と衣服。

胥(あ)う――同僚が相並んでいること。

違(さ)く――「避ける」と同じ。

師保(しほ)――君主を教え輔佐する。またそうする人。

匡救(きょうきゅう)――悪を正し、危ういことから救うこと。

允徳(いんとく)――まことの徳。徳を修め養うこと。

豫怠(よたい)――安楽を貪り、怠けること。

恭(きょう)――丁寧さ、かしこまること。

斁(きら)う――緊張が解けて捨て去ること、物事が崩れ去ること。

伊尹王に申ねて誥げて曰く、嗚呼、惟れ天親しむこと無し。克く敬する惟れ親しむ。民常に懐くこと罔し。仁有るに懐く。鬼神常に享くること無し。克く誠なるに享く。天位艱い哉。徳なれば惟れ治まり、否徳なれば乱る。治と道を同じうすれば興らざること罔く、乱と事を同じうすれば亡びざること罔し。終始厥の与にするを慎むは、惟れ明明の后なり。先王時を惟い、懋めて厥の徳を敬して、克く上帝に配す。今王令緒を嗣有す。尚くは茲を監ん哉。高きに升るに必ず下きよりするが若く、遐きに陟るに必ず邇きよりするが若し。民事を軽んずること無く、惟れ難くせよ。厥の位に安んずること無く、惟れ危ぶめ。終りを慎むは始めに于いてせよ。言汝の心に逆らうこと有らば、必ず諸を道に求めよ。言汝の志に遜うこと有らば、必ず諸を非道に求めよ。嗚呼、慮らずんば胡ぞ獲ん。為さずんば胡ぞ成らん。一人元良なれば、万邦以って貞し。君辯言を以って旧政を乱すこと罔く、臣寵利を以って成功に居ること罔くんば、邦其れ永く休に孚せん。

伊尹は、王に重ねて告げて言いました。

「ああ、天は、とくに誰かを天の方から親しくさせるということをするわけではありません。こちらからよく敬うものに対して親しみをもつのです。同じように、人というものは、何もないのに王に温かい気持ちを持つということはありません。仁愛を掛けてくれる人に対してこそ温かい気持ちを持つのです。先祖の霊や自然の神は、いつもだれかれから祭礼を受けて恩恵を与えるというわけではありません。誠実な気持ちを持って祭る者からこそ祭礼を受けるものなのです。天子の位にあるということは、とても困難なことです。徳があれば天下は治まりますが、徳がなければ天下は治まりません。道を治めようとする人と一緒にいれば天下は盛んに勃興していくことになるでしょうし、道を乱そうという人と一緒にいれば天下は滅亡することになるでしょう、つねに、ともに物事を一緒に行う人を慎重に選ばれるのが、明君明主なのです。先王は、このことをお考えになり、努めて御自分の徳を大事になさって、天帝の徳に並ぶようにされたのです。

今、王は、その素晴らしい先王のお仕事を引き継がれようとしていらっしゃいます。高いところに上るのに必ず下から歩き始めるように、遠くに行くのに必ず近いところから行くようにしなければなりません。人々の労役を軽く見ず、難いことをしているのだと思い知って下さい。天子の位に安んじているのではなく、これを守ることの危うさをこそお思い下さい。終わりを善しとしようと思うのであれば、初めを慎まなくてはなりません。他人の言葉が、あなた様の心に逆らうようなことがあれば、必ず、そのことを道に照らして考えてみて下さい。他人の言葉が、あなた様の思いと同じであれば、必ず、これは道に外れたことなのではないかと考えてみて下さい。ああ、よく考えてから実行しなければ、どうして何かを得ることなどできましょう。正しいことを行わなければ、何も成し遂げることはできません。上に立つ天子一人が大いなる善良な人であれば、すべて天下の人々は正しくなるのです。君主が、巧みな弁舌に惑わされて先王がなされた政治の道を乱してはならず、臣下が寵愛や利益に引かれ、自分の仕事の成功の上に居座っているということがなければ、王朝は、末永く、その素晴らしさを保つことができるのです」

◆伊尹申二誥于王一曰、嗚呼、惟天無レ親。克敬惟親。民罔二常懐一。懐二于有一レ仁。鬼神無二常享一。享二于克誠一。天位艱哉。徳惟治、否徳乱。与レ治同レ道罔レ不レ興、与レ乱同レ事罔レ不レ亡。終始慎二厥与一、惟明明后。先王惟レ時、懋敬二厥徳一、克配二上帝一。今王嗣二有令緒一。尚監レ茲哉。若二升レ高必自一レ下、若二陟レ遐必自一レ邇。無レ軽二民事一、惟難。無レ安二厥位一、惟危。慎レ終于レ始。有三言逆二于汝心一、必求二諸道一。有三言遜二于汝志一、必求二諸非道一。嗚呼、弗レ慮胡獲。弗レ為胡成。一人元良、万邦以貞。君罔下以二辯言一乱中旧政上、臣罔下以二寵利一居中成功上、邦其永孚二于休一。

【語句解説】

懐（なつ）く――馴れ馴れしくなること。
令緒（れいしょ）――立派な功業。
嗣有（しゆう）――次々に打ちたてる。
元良（げんりょう）――大いなる善を有する人。
寵利（ちょうり）――特別の恩遇を受けること。

咸有一徳（かんゆういっとく）

【咸有一徳とは】

伊尹は、自らの行動を反省して先王の遺徳を継ぐことを決心した太甲に、政治を戻します。そして、自分は、隠居して郷里に帰ろうとします。その時、もう一度、王に訓誡を遺そうとして「徳」について述べるのです。この篇でもっとも重要なことは、「天は、純一な徳を持つ人をこそ助ける」という考えが明らかにされていることです。

この篇の文章は、こういう思想的表明などから、後世の偽古文とされ、もともとの『書』にあったとは考えられませんが、「天」と「徳」と「王位」の継承を結びつけて考えるということが盛り込まれていることは、とても興味深いことではないでしょうか。

伊尹は、この訓誡を垂れてからまもなく亡くなり、臣下の沃丁（よくてい）によって「亳」に葬られたと記されています。「亳」は、今の河南省安陽県の殷墟があるところです。

咸有一徳

伊尹　咸有一徳を作る。

咸有一徳（みな純一な徳をもつ）

伊尹既に政を厥の辟に復す。将に告げて帰らんとして、乃ち徳を陳べ戒めて、曰く、嗚呼、天の諶にし難きは、命常靡ければなり。厥の徳を常にすれば、厥の位を保たしめ、厥の徳常ならざれば、九有以って亡ぼす。夏王徳を庸にすること克わず。神を慢り民を虐ぐ。皇天保んぜず。万方を監、有命を啓き迪き、一徳を眷求して、神主と作らしむ。惟れ尹が躬暨び湯、咸な一徳を有つ。克く天心に享りて、天の明命を受け、以って九有の師を有ち、爰に夏正を革む。天我が有商に私するに非ず。惟れ天一徳を佑く。

商 下民に求むるに非ず。惟れ民 一徳に帰す。徳 惟れ一なれば、動きて吉ならざること罔く、徳二三なれば、動きて凶ならざること罔し。惟れ吉凶 僭わず人に在り。惟れ天 災祥を降すこと徳に在り。今 嗣王 新たに厥の命に服す。惟れ厥の徳を新たにせよ。終始 惟れ一なれば、時れ乃ち日に新たなり。官に任ずるは惟れ賢材をし、左右は惟れ其の人をせよ。臣 上の為にするは徳を為し、下と為りては民の為にす。其れ難くし、其れ慎しみ、惟れ和し、惟れ一なれ。徳に常師無し。善を主とするを師と為す。善に常主無し。克く一なるに協う。万姓をして咸な大なる哉 王の言と曰い、又た一なる哉 王の心と曰わしむれば、克く先王の禄を綏んじ、永く烝民の生を厎す。嗚呼、七世の廟、以って徳を観すべし。万夫の長、以って政を観すべし。后 民に非ざれば使うこと罔し。民 后に非ざれば事うること罔し。自ら広しとして、以って人を狭しとすること無かれ。匹夫匹婦も自ら尽くすことを獲ざれば、民主 与に厥の功を成すこと罔し。

伊尹は「咸有一徳」の一篇を作りました。

伊尹は太甲に代わって行っていた政治を君主に返しました。その後、隠居をしたい旨を告げて故郷に帰ろうとするに際し、徳について述べ、王を戒めて言いました。

「ああ、天というものを頼みがたく思うのは、その天の命が一定していないからなのです。自らに与えられた徳を常に行っていれば、天子の位を保つことができるでしょうが、徳を行うことが常でなければ、諸侯たちの離反によって、天下は亡びることになるでしょう。夏の王である桀は、徳を常にすることができませんでした。神々を侮り、民衆を虐待しました。大いなる天は、桀のこうした行為を保からず思われました。そして天下の国々を観察し、天命のあるものを啓発して導き、純一な徳のある人を探し求め、この人を神々の使いとされたのです。そもそも、私と湯王様は、純一な徳を持っておりました。そこでよく天の御心に適い、天の輝かしい命令を受け、そして天下の諸侯たちの上に立って、夏王朝の暦を改めることになったのです。天は、決して、我が商王朝を贔屓にしたのではありません。天とは、純一な徳を有するものを佑助するものなのです。商王朝が、民衆に、商王朝に従順であれと求めたのではありません。ただ、民衆が、純一な徳のある人を慕って帰順したのです。徳が、ただひたすら純一であれば、その人の行動は吉でないことはありません。徳が不純であれば、その人の行為は凶でないことはありません。吉か凶かは、隠れて見えないというものではありません。これは人の徳にこそあるものです。それによって、天は、災いと吉祥とを降されるのです。その基準は、徳にこそあるのです。

今、跡継ぎである太甲様は、新たに王として、天命に服されることになりました。きっと、その徳をこそ新しいものにするようにして下さいませ。つねに、唯々、徳が純一であれば徳を日々新たにすることができます。官位に就けるものに対しては、きっと賢人である人材を任用し、輔弼の官には特に人を選ばなければなりません。臣たる者が、天子のためにしようとする場合には徳を持って行うようにし、同じように謙(へりくだ)って民衆のためにも徳を持って行わせなければなりません。ですから、職務は困難で、慎んで行い、ひたすら調和を目指し、ひたすら純一であろうとしなければなりません。徳には一定不変の規範というものがないのです、善きことを主なる目的とすることだけが、導きとなるでしょう。しかし、善きことにさえ一定不変の規範はありません。ただ、純一であることこそに、人は心を寄せるのです。そのようであれば万民は、皆、大いなる哉、王の言葉は！　と言うでしょう。はたして民衆に、純一である哉、王の心は！　と言わせることができるとしたなら、太甲様、あなたは先王の遺産の上にあって、永久に民衆の生活の安定を図ることができるでしょう。ああ、七世に及ぶ先祖の廟に、今こそ、あなた様の徳を示して下さい。万民の長として、正しい政治とは何かを示して下さい。君主は、あなたに帰依する民でなければ命令を与えて使役させることはできません。同じように民は、自らの君主と崇めることができない人には仕えないものなのです。自らを誇り、人を辱めてはなりません。もし、一人の男、一人の女でも、心から喜んで仕事をしたいと思う者がなければ、民の主人である君主は、協力してすばらしい功績を成し遂げることはできないのです」

◆伊尹作二咸有一徳一。

伊尹既復二政厥辟一。将二告帰一、乃陳二戒于徳一、曰、嗚呼、天難レ諶、命靡レ常。常二厥徳一、保二厥位一、厥徳匪レ常、九有以亡。夏王弗レ克レ庸レ徳。慢レ神虐レ民。皇天弗レ保。監二于万方一、啓二迪有命一、眷二求一徳一、俾レ作二神主一。惟尹躬暨湯、咸有二一徳一。克享二天心一、受二天明命一、以有二九有之師一、爰革二夏正一。非三天私二我有商一。惟天佑二于一徳一。非三商求二于下民一。惟民帰二于一徳一。徳惟一、動罔レ不レ吉、徳二三、動罔レ不レ凶。惟吉凶不レ僭在レ人。惟天降二災祥一在レ徳。今嗣王新服二厥命一。惟新二厥徳一。終始惟一、時乃日新。任レ官惟賢材、左右惟其人。臣為レ上為レ徳、為レ下為レ民。其難其慎、惟和惟一。徳無二常師一。主レ善為レ師。善無二常主一。協二于克一一。俾下万姓咸曰二、大哉王言一、又曰中一哉王心上、克綏二先王之禄一、永底二烝民之生一。嗚呼、七世之廟、可二以観一レ徳。万夫之長、可二以観レ政。后非レ民罔レ使。民非レ后罔レ事。無二自広以狭一レ人。匹

夫匹婦不レ獲ニ自尽一、民主罔ニ与成ニ厥功一。


【語句解説】

諶（まこと）――深く心から信じること。

九有（きゅうゆう）――中国を分けて九つの州とし、「九州」と呼んだ。「九有」とはその「九州」を平和に保つこと。

眷求（けんきゅう）――顧みて求めること。

私（わたくし）する――私物化する。

僭（たが）う――身分不相応なことをする。悪口を言って、他人の弱点やすきにつけ込むこと。

綏（やす）んずる――安らかに落ち着かせること。

底（いた）す――そこまで届く。また届けること。

狭（せま）しとする――能力を貶めること。

盤庚（ばんこう）

【盤庚とは】

盤庚とは、商王朝、第十九代の王です。商王朝中興の王とされますが、五度の遷都を行いました。最後に都と定めた所が「亳」です。「亳」は、この前篇で伊尹が葬られた場所、つまり今の「殷」という、「殷墟」として知られる商王朝（殷王朝）の遺跡が残っている場所です。ここから中国の古代史では、盤庚以降の時代を、商王朝の中でもとくに「殷王朝」と呼ぶ場合があります。

さて、五度目の遷都に、人々は皆、反対し、盤庚を怨もうとします。

しかし、盤庚は、古い都に、このままいては、皆、死に絶え、王朝も亡んでしまうから、遷都をして王朝を皆の手で再興しようと教えます。

譬（たと）え話として、盤庚が言う言葉に、おもしろい言い方があります。

「顚木の由りて蘖するが如し」というのですが、これは「倒れた木からも、新たな芽が出る」という意味の言葉で、中興を図ろうとする王の言葉として人の心に残るものでした。

このままでは、みんなが衰退してしまう。盤庚は、それを見通すことのできる人物でもありました。そこで皆を励まして、遷都への協力を仰ぐのです。

■コラム　契誕生の逸話

盤庚の祖先に当たる殷王朝の始祖を契と言います。母を簡狄といいます。簡狄の祖先は堯帝の父親にまで遡ると言われています。契が生まれるに際して次のような話が伝わっています。

ある時、簡狄は、婦人たち三人と外出して川で水浴びをしている時、燕が卵を産み落とすのを見て、それを取って呑み、そのために妊娠して契を生んだと言われています。契は、成長して禹を助け功績があったので、河南省商丘県の「商」に封ぜられました。

盤庚上

盤庚　五たび遷る。将に亳の殷に治せんとす。民咨き胥い怨む。盤庚三篇を作る。

盤庚（盤庚の言葉）

盤庚　殷に遷らんとせしに、民　適きて居を有たず。衆の慼るを率い籲げ、矢言を出だして、曰く、我が王　来りて既に爰に茲に宅るは、我が民を重んじて、尽く劉すこと無からんとなり。胥い匡して以って生くること能わざれば、卜稽す。曰く、其れ台が如し。先王　服すること有りて、天命を恪謹するも、茲く猶お常寧せず。厥の邑を常にせずして、今に于いて五たび邦す。今　古に承けずんば、天の断命を知ること罔けん。矧や曰く、其れ克く先王の烈に従うをや。顚木の由りて蘖すること有るが若し。天其れ我が命を茲の新邑に永うす。先王の大業を紹復し、四方を底綏せん。盤庚民に斆え、乃の在位を由い、常旧の服を以って、法度を正さしむ。曰く、敢て小人の箴むる攸を伏すること或る無かれ。

商王朝中興の主・盤庚は、五度遷都しました。そして亳の地である殷に都を営もうとしたのです。ところが、民は遷都を嫌がり、嘆き、盤庚を怨みました。そこで盤庚は、人々を戒めるために盤庚三篇を作ったのでした。

盤庚が殷に遷都しようとした時、民衆は、殷に行ってもいまだ住まいのないことを知っていました。盤庚は、人々の憂いに導き和らげて、誓いの言葉を告げたのです。

「我が先王が、この地に都して住まわれたのは、民衆のことを大切に思って、人々が命を落とすことがないようにとのことでした。人々が互いに正しく生きることができないのであれば、亀卜によって遷都を決めましょう。ここにいても、どうしようもないのだから。

先王は、慎み深く天命に服従して、謹んで正しさを求められましたが、それでも一箇所に腰を落ち着けて安寧であろうとはされませんでした。お住まいの所を長く都とはせず、今に至るまで、五度も遷都をされたのです。今こそ遷都をする時でありながら、昔の例に背いて遷都をしないというのであれば、天が天命を断たれることを知る力がないからなのです。それにさえ気づかずに、どうして先王の偉業に従うと言えるのだろうか。遷都とは、倒れた木から新しい芽を出させるようなものなのです。天は、我が商王朝の家に対する天命を、新しい都において永く保たせようとしていらっしゃる。先王の大業を引き継ぎ、東西南北四方の人々を安らぎに包もうではありませんか」

盤庚は、こうして民衆に遷都の重要さを教え、官位に就いている者の命令に従い、常に古い制度に則って、法の決まりを正しくしようとされました。そして、言われたのでした。「卑しい考えの者たちが諫める言葉でも、それを押し消して無視するようなことがあってはならない」と。

◆盤庚五遷。将レ治二亳殷一。民咨胥怨。作二盤庚三篇一。
盤庚遷二于殷一、民不二適有レ居。率二籲衆慼一、出二矢言一、曰、我王来既爰宅二于茲一、重二我民一、無二尽劉一。不レ能二胥匡以生一、卜稽。曰其如レ台。先王有レ服、恪二謹天命一、茲猶不二常寧一。不レ常二厥邑一、于レ今五邦。今不レ承二于古一、罔レ知二天之断命一。矧曰、其克従二先王之烈一。若二顛木之有二由蘖一。天其永二我命于茲新邑一。紹二復先王之大業一、厎二綏四方一。盤庚斆二于民一、由二乃在位一、以二常旧服一、正二法度一。曰、無レ或三敢伏二小人之攸一レ箴。

【語句説明】
適(ゆ)く——まっすぐ一筋に向かって行くこと。
慼(うれ)う——心が鬱屈してしまうこと。
籲(やわら)ぐ——「和」と同じ。心を和らげること。
矢言(しげん)——直言する。はっきりと宣言すること。
卜稽(ぼくけい)——占って考えること。

恪謹（かくきん）――つつしみつとめること。
蘖（げつ）する――木の切り株から新しく芽が出ること。
新邑（しんゆう）――新しい都。
厎綏（しすい）――安らぎに至らせる。
小人（しょうじん）――徳のない人。

■コラム　「平成」

「平成」という年号は、大禹謨の「地平天成（地平かに天成る）」から採られました。「国の内外、天地にわたって平和が行われる」という意味です。これに似た言葉は、『史記』五帝本紀にも「内平外成」と書かれています。これを提案したのは、東京大学名誉教授、東洋史学者の山本達郎です。この時、他の新元号の候補は中国哲学者の宇野精一、そして中国文学者の目加田誠から提案されていました。

盤庚中

盤庚惟の河を渉るを作し、民を以って遷らんとす。乃ち民の率わざるに話し、誕いに亶を用って其の有衆に告ぐ。咸な造りて褻ること勿くして、王庭に在り。盤庚乃ち厥の民を登げ進めて、曰く、明らかに朕が言を聴け。朕が命を荒み失うこと無かれ。嗚呼、古我が前后、惟れ民之れ承けざること罔し。后に保んじ、胥い慼いて、以って天時を浮わざること鮮し。殷に大虐を降せば、先王懐わず、厥の作す攸民利を視て用って遷る。汝曷ぞ我が古后の聞を念わざる。汝を承け、汝をしてせしむるは惟れ喜康を共にせんとす。汝咎有りて罰に比するに非ず。予若え籲げて茲の新邑に懐らすは、亦た惟れ汝の故なり。以って丕いに厥の志に従う。

今予　将に試いて汝を以って遷り、厥の邦を安定せんとす。汝　朕が心の困する攸を憂えず。乃ち咸な大いに乃の心を宣べ、欽念　忱を以ってして、予一人を動かさず。爾　惟れ自ら鞠り自ら苦しむ。舟に乗るが若し。汝　済らずんば、厥の載を臭らん。爾の忱　属かずんば、惟れ胥い以って沈まん。其れ稽うること或らずんば、自ら怒るも曷ぞ瘳えん。汝　長きを謀りて以って乃の災を思わずんば、汝　誕いに憂いを勧むるなり。今　其れ今有るも後罔けん。汝　何の生か上に在らん。今　予　汝に一なるを命ず。穢を起こして以って自ら臭ること無かれ。人　乃の身を倚し乃の心を迂せんことを恐る。

盤庚は、黄河を渡ることにし、人々とともに遷都をしようとされました。そこで人々のなかで命令に従わないものに話をされ、真心からすべての人々に告げられました。

人々がみなやって来て、謹んで王庭に在りました。

盤庚は、そこで、人々を自分の近くに寄せて言われました。

「きちんと私の言葉を聞いて欲しいのです。私の命令をなおざりにしないで下さい。ああ、昔から、我が先君たちは、みんなのことをとても大切にしてきました。人々も、先君のことを安心して見守り、お互いにお互いのことを考えて、天が命令を降す災いに対して打ち克ってきました。たとえば、天が、殷に対して大きな災害を降された時には、先王たちは、それまで住み慣れた土地をきっぱり捨ててこられたことは皆もよく知っていることでしょう。どうしてかといえば、それは、その方が、人々の利益になることを見通してのことだったのです。皆、どうして、こうした私の先君たちの言い伝えを考えてはみないのですか。私も、皆のことを大切に思うからこそ、皆と都を移して引っ越しをし、喜びと安らぎを共にしようと思っているのです。皆に咎めることがあって、それを罰するために遷都をしようというのではありません。私が、皆の心を和らげて、新しい都に行こうと言うのは、ひたすらあなた方のことを思ってのことなのです。だからこそ、私は、自分が決めたことを成し遂げようと思うのです。

今、私は、皆とともに新しい都に移り、この国を安定させたいと思っています。ところが、皆は、私が抱く悩みを、気に掛けようともしない。皆、自分たちの本心を明らかにして、真心をもって深く考え、私の心を動かそうとさえしない。いずれ、皆は、自らを窮地に陥れ、自らを苦しめることになるでしょう。それは、たとえば、舟に乗っているようなものなのです。舟に乗っていながら、向こう岸にわたらないでいれば、積み荷が腐って行くようなものなのです。

皆の、私に対する信頼の思いが、もし、続かないとすれば、河を渡ろうとしても、もろともに溺れてしまうだけです。腹を立てても、それで何かが解決するわけではないのですよ。遠い先のことを考えて、自分に降りかかる災難のことを思わなければ、大いに憂いが憂いを呼ぶということになってしまうでしょう。今、皆のところにあるものも、きっと後々には失われてしまうでしょう。今日の日はあっても、後の日はもうありません。なぜなら皆の生命は、天上において断たれてしまっているからです。今、私は、皆に心を込めて一心に命令をします。わざわざ穢(きたな)いことをして、自分から身を腐らせてしまってはなりません。私は、他人が、皆の行いをねじ曲げ、皆の心が物事に疎くなるようにしているのではないかと心配しているのです」

◆盤庚作二惟渉レ河、以レ民遷。乃話二民之弗レ率、誕告二用レ亶其有衆一。咸造勿レ褻、在二王庭一。盤庚乃登三進厥民一、曰、明聴二朕言一。無三荒二失朕命一。嗚呼、古我前后、罔レ不二惟民之承一。保レ后胥慼、鮮二以不レ浮二于天時一。殷降二大虐一、先王不レ懐、厥攸レ作視二民利一用遷。汝曷弗レ念二我古后之聞一。承レ汝、俾レ汝惟喜康共。非三汝有レ咎比二于罰一。予若籲懐二茲新邑一、亦惟汝故。以丕従二厥志一。

今予将試以レ汝遷、安三定厥邦一。汝不レ憂二朕心之攸レ困。乃咸大不下宣二乃心一、欽念以レ忱、動中予一人上。爾惟自鞠自苦。若レ乗レ舟。汝弗レ済、臭二厥載一。爾忱不レ属、惟胥以沈。不二其或レ稽、自怒曷瘳。汝不三謀レ長以思二乃災一、汝誕勧レ憂。今其有レ今罔レ後。汝何生在レ上。今予命二汝一一。無二起レ穢以自臭一。恐下人倚二乃身一迂中乃心上。

【語句解説】

懐(おも)う――じっとして安らかにいさせる。

喜康（きこう）――安らかであることを喜ぶ。
欽念（きんねん）――つつしみ思う。うやうやしく思う。
鞠る（きわまる）――しめつけられる。塞がる。窮する。
済る（わたる）――向こう岸に渡ること。
載（さい）――積み荷。
臭る（やぶる）――すこしずつ腐ってダメになってしまうこと。
瘳ゆ（いゆ）――治癒すること。
穢（わい）――みにくい行い。

盤庚下

盤庚既に遷り、厥の居る攸を奠め、乃ち厥の位を正しくす。有衆を綏爰せんとして曰く、戯怠すること無く、懋めて大命を建てよ。今予其れ心腹腎腸を敷きて、爾百姓に朕が志を歴告す。爾衆を罪すること罔し。爾共に怒り、協比して、予一人を讒言すること無かれ。古我が先王、将に前功を多くせんとし、山に適きて、用って我が凶徳を降し、朕が邦に嘉績あり。今我が民用って蕩析離居して、定極有ること罔し。爾朕を謂う、曷ぞ万民を震動して以って遷ると。肆に上帝将に我が高祖の徳を復して、我が家を乱越めんとす。朕れ及び篤敬、民命を恭しみ承け、用って地を新邑に永くす。肆に予沖人、厥の謀を廃するに非ず。霊きを由うるに弔る。各敢てトに違うに非ず。用って茲の賁いなるを宏いにす。嗚呼、邦伯・師長・百執事の人、尚くは皆隠かにせん哉。予其れ懋めて簡いに爾を相け、我が衆を念敬す。朕貨を好むに肩せず、敢て生生するを恭す。鞠人人の居を保んずるを謀るは、叙して欽しまん。今、我既に爾に朕が志を羞みて告げり、若うと否と。欽しまざること有る罔かれ。貨宝を総むること無く、生生して自から庸いよ。式って民に徳を敷き、永く一心に肩せよ。

盤庚は遷都して、居住の地を定めると、廟と朝廷、土地の神を祭る社の位置を正しく定めました。そしてすべての人々を集め、彼らを安心させるために次のように言ったのです。

「あなた方は、これから怠けることなく勉めて王の命令を実現するようにしなければなりません。今、私は胸の内を開いて、あなた方、すべての人々に、私の意図を告げ知らせようと思うのです。私は、あなた方を罰しようとは思わない。ただ、あなた方も怒りを抱き、みんなで共謀して、私のことを責めないで欲しいのです。かつて、先王は、前人にも勝る功績を挙げようとして、山に行き、我々に降りかかった悪い運命を払いのけ、喜ばしい功績を挙げられた。しかし、今、この国の人々は、心もばらばらになり、離れ離れに住むことになり、落ち着くことができなくなってしまったのです。あなた方は、どうして、我々多くの民を動揺させてまでも遷都をするのかと言われる。それは、このようにすれば、天帝が、わが高祖である湯王の徳をふたたび我々に与え、我が家を治め整えて下さると思うからなのです。私と私の篤く敬愛する臣下はみんなの生命を大切にしながらこの土地に新しい都を造り永く住もうと思います。だからこそ、まだ幼子のように無知な私は、その計画をなくすことはできず、私は、臣下から多くの意見をもらいその中の良い意見に従って遷都を決意したのです。占いの結果にも逆らうことはできません。だから敢えて遷都という大事業を行ったのです。ああ、諸侯の主な人たち、諸々の官の長、諸々の職務を司る人たち、願わくは細心の注意を払って善政を行って欲しいのです。私は勉めて大いにみんなに力を貸しましょう。そしてみんなのことを大事にしましょう。私は、財貨を好む人たちを官位に就けたりはせず、進んで善に向かって邁進する人たちを官位に迎えます。生活に困窮している人々のために、その人たちが安心して住んでいけるようにする人は、完成の秩序に従って重用しましょう。今、私は、私の意図を、進んで告げ知らせました。私に従ってくれますか、どうでしょうか。不謹慎な行動はしないで欲しいのです。財宝を集めて裕福になるのではなく、活き活きと善政を行うことに自分を使って欲しいのです。みんなに徳を示し、永く一心に私に仕えて欲しいのです。

◆盤庚既遷、奠二厥攸レ居、乃正二厥位一。綏ヲ爰有衆一曰、無二戲怠一、懋建二大命一。今予其敷二心腹腎腸一、歴ヲ告爾百姓于朕志一。罔レ罪二爾衆一。爾無三共怒、協比、讒ヲ言予一人二。古我先王将レ多二于前功一、適二于山一、用降二我凶徳一、嘉ヲ績于朕邦一。今我民用蕩析離居、罔レ有二定極一。爾謂レ朕、曷震ヲ動万民一以遷。肆上帝将下復二我高祖之徳一、乱中越我家上。

朕及篤敬、恭二承民命一、用永二地于新邑一。肆予沖人、非レ廃二厥謀一。弔レ由レ霊。各非二敢違一レ卜。用宏二茲賁一。

嗚呼、邦伯・師長・百執事之人、尚皆隠哉。予其懋簡相レ爾、念二敬我衆一。朕不レ肩レ好レ貨、敢恭二生生一。鞠人謀二人之保一レ居、叙欽。今我既羞二告爾于朕志一、若否。罔レ有レ弗レ欽。無レ総二于貨宝一、生生自庸。式敷二民徳一、永肩二一心一。


【語句解説】


戯怠（ぎたい）――戯れ怠ること。

大命（たいめい）――君の命令、天子の命令。

心腹腎腸（しんぷくじんちょう）――真心のこと。

凶徳（きょうとく）――悪徳。不道徳な行い。「徳」は「得」で、身に得た性質をいう。

嘉績（かせき）――立派な功績。

蕩析（とうせき）――分散する。離散する。砕けて散る。

沖人（ちゅうじん）――幼い人、童子。

鞠人（きくじん）――生活に行き詰まって困窮した人。

説命（えつめい）

【説命とは】

盤庚が崩じ、殷王朝は、盤庚の弟・武丁（ぶてい）が第二十代の王として即位します。武丁は、ひじょうに徳の高い人物で、人々は高く彼を尊敬し、「高宗」と呼びました。

さて、高宗は、「説」という名前の優れた宰相を授かるという夢を見ます。

そこで、このことを、諸々の役人に布告し、くまなく天下に「説」を探させます。はたして、傅巌（ふがん）の原野で、土木工事をしている「説」が見つかります。

傅巌で見つかった「説」は、以来、「傅説」と呼ばれるようになりますが、高宗は、傅説に自分を輔佐してくれと願うのです。

「自分が鉄であるとすれば、それを研ぐ砥石となってくれ。自分が河を渡るとすれば、舟や楫（かじ）になってくれ。自分の悪い所を厳しく諫め、祖先である湯王の跡をきちんと踏み行うように導いてくれ」

傅説は、この言葉を受けて、高宗を輔佐し、優れた宰相として、高宗の善政に心血を注ぐのでした。

高宗は、高く傅説を評価します。

■コラム　中国古代の官制

中国古代の官制は、『周礼』に記されています。周公旦が書いたものと言われますが、実際には戦国時代以降に、理想的なものとして作られたものだと考えられます。官職を天官・地官・春官・夏官・秋官・冬官の六官に分け、それぞれに六十の官職があると記されています。つまり全部で三百六十の官職があるとされています。この中、全体を統括するのは天子に最も近い役職である天官にある「冢宰」に任命された人です。「説」は冢宰の地位に命ぜられました。

説命

高宗　夢に説を得。百工をして諸を野に営み求めしむ。諸を傅巌に得。説命三篇を作る。

説命（傅説に与えた命令）

王　憂いに宅り、亮陰すること三祀。既に喪を免けども、其れ惟れ言わず。群臣　咸な王を諫めて曰く、嗚呼、之を知るを明哲と曰う。明哲実に則を作す。天子　惟れ万邦に君として、百官　式を承く。王の言　惟れ命と作る。言わざれば臣下　令を稟くる攸罔し。

王　庸って書を作りて以って誥げて曰く、台が四方に正たるを以って、台徳の類からざるを恐る。茲の故に言わず。恭しみ黙して道を思う。夢に帝予に良弼を賚う。其れ予に代りて言わん。乃ち厥の象を審かにし、形を以って旁く天下に求めしむ。説　傅巌の野に築く。惟れ肖たり。爰に立てて相と作す。王　諸を其の左右に置く。

之に命じて曰く、朝夕　誨を納れて、以って台が徳を輔けよ。若し金ならば、汝を用って礪と作さん。若し巨川を済らば、汝を用って舟楫と作さん。若し歳　大いに旱せば、汝を用って霖雨と作さん。乃の心を啓きて、朕が心に沃げ。若し薬　瞑眩せずんば、厥の疾　瘳えず。若し跣にして地を視ざれば、厥の足　用って傷く。惟れ乃の僚と心を同じうして以って乃の辟を匡さざること罔かれ。先王に率い、我が高后を迪んで、以って兆民を康ぜしめよ。嗚呼、予が時の命を欽みて、其れ惟れ終り有れ。説　王に復して曰く、惟れ木縄に従えば則ち正しく、后　諫に従えば則ち聖なり。后　克く聖なれば、臣命ぜざるも其れ承く。疇れか敢て王の休命に祗しんで若わざらん。

高宗である武丁は、夢で説という名の名臣を得ました。そこで諸々の役人を使わせて、天下にこの説という人を探させました。そして傅巌というところでこの人を捜し当てたのです。そのことを述べて「説命」の三篇が作られました。

王は喪に服して、政治を臣下に任せると、三年間、ものを言わずに過ごされました。はたして、喪はすでに明けたにもかかわらず、それ以後も言葉を発せられませんでした。そこで臣下たちは、王に諫言して言いました。

「ああ、物事をよく知るもののことを明哲と言います。明哲とは、実際に規則を作る人でございます。天子は万邦に君主としておられ、百官たちは天子がお作りになる規則を受けるのです。王の言葉はすなわち命令でございます、王がお言葉を口にされないならば、臣下は命令を受けることができません」

そこで、王は文書をお書きになって臣下に布告されました。

「私は東西南北四方の国々を正しく治めて行かなければなりませんが、私は自分自身の徳がそれに十分ではないのではないかと恐れるのです。だから口に言葉を上すことができないのです。私は恭しんで黙って、正しい道に思いを巡らしています。夢に、私は名臣を頂くことができました。彼が、私の代わりになって言葉を発してくれるでしょう」

そこで、その名臣となるであろう人の容貌を詳しく記し、絵を描いて、広く天下に探し求めることになったのです。

ところで、説という人が傅巌の原野で土木工事をしていました。この人は、その絵にそっくりでした。そこで、傅説という名前となったこの人は、宰相となったのです。

王は、彼を自らの側近とされたのです。

武丁は、傅説に命じて仰いました。

「朝に夕に、私に戒めの言葉を聞かせて、そして私の徳を正しくするように輔佐してください。もし、私が鉄だとするなら、私はあなたを砥石と思いましょう。もし私が大きな河を渡ろうとするときは、あなたを舟の楫と思いましょう。

もし私が旱魃（かんばつ）とするならば、あなたを長い雨と思いましょう。あなたの心を開いて、私の心に注ぎ込んで欲しいのです。もし、私に薬が必要であるとするならば、その薬が私を死の境にまでやるほど激しいものでなければ、その病を治すことができないのです。もし、裸足で歩いて、地面の状態を見ないのであれば、きっとその足を傷つけてしまうことでしょう。同僚と心を同じくして、おまえたちの君主を正しくさせて欲しいのです。先王の道に従い、高祖である湯王の道を踏んで、億兆の民を安んじるようにして欲しいのです。ああ私のこの命令を大切に実行し、最後までやり遂げてください」

　傅説は王に言葉を返して言いました。

「材木は、墨縄（すみなわ）に従って真っ直ぐにすることができますし、君主は、諫言にお従いになれば、聖なるものになるといいます。君主がよく聖であられたならば、たとえ臣下は命令を受けずとも、御心に従って物事を行うでしょう。まして、王様が出される素晴らしい命令に従わないものがございましょうか」

◆高宗夢得レ説。使三百工営二求諸野一。得二諸傅巌一。作二説命三篇一。

王宅レ憂、亮陰三祀。既免レ喪、其惟弗レ言。群臣咸諫二于王一曰、嗚呼、知レ之曰二明哲一。明哲実作レ則。天子惟君二万邦一、百官承レ式。王言惟作レ命。不レ言臣下罔レ攸レ稟レ令。

王庸作レ書以誥曰、以三台正二于四方一、台恐二徳弗レ類。茲故弗レ言。恭黙思レ道。夢帝賚二予良弼一。其代レ予言。乃審二厥象一、俾三以レ形旁求二于天下一。説築二傅巌之野一。惟肖。爰立作レ相。王置二諸其左右一。

命レ之曰、朝夕納レ誨、以輔二台徳一。若金、用レ汝作レ礪。若済二巨川一、用レ汝作二舟楫一。若歳大旱、用レ汝作二霖雨一。啓二乃心一、沃二朕心一。若薬弗二瞑眩一、厥疾弗レ瘳。若跣弗レ視レ地、厥足用傷。惟暨二乃僚一罔レ不三同レ心以匡二乃辟一。俾下率二先王一、迪二我高后一、以康中兆民上。嗚呼、欽二予時命一、其惟有レ終。説復二于王一曰、惟木従レ縄則正、后従レ諫則聖。后克聖、臣不レ命其承。疇敢不三祗二若王之休命一。

【語句解説】
宅(お)る——定着する。ここでは「ずっと憂いに沈んでいる」こと。

亮陰（りようあん）す——天子が父母の喪に服すること。
説（えつ）——傅説のこと。
則（のり）——規則。
良弼（りようひつ）——良い輔弼の臣。
傅巌（ふがん）——山西省（さんせい）平陸県（へいりく）の東。傅説が版築した所。
誨（おしえ）——ものをよく知らない人に教えさとすこと。
礪（れい）——砥石。
舟楫（しゆうしゆう）——舟と櫂（かい）、ふたつ合わせて「舟」をいう。
霖雨（りんう）——三日間以上降り続く雨。長雨のこと。
瞑眩（めいげん）——苦しんで眩暈がすること。
跣（すあし）——はきものをはかない裸足。
僚（とも）——同じ職場で働く同等の仲間。
兆民（ちようみん）——多くの民、万民、億兆の民。

西伯戡黎（せいはくかんれい）

【西伯戡黎とは】

商王朝第三十代の王、帝辛（ていしん）は、「受」とも呼ばれました。後世「紂王（ちゅうおう）」と呼ばれるようになる商王朝最後の王です。この時、都は、現在の河南省安陽県殷という所に置かれていました。

さて、現在の陝西省西安（せいあん）市の辺りにいた周の国の文王は、この頃、まだ「文王」とは呼ばれず殷から見て「西」にいる諸侯のひとりということで「西伯」と呼ばれていました。

西伯は、帝辛の命令で、「黎（れい）」という国を伐（う）つのですが、この篇は、西伯の勝利が、帝辛の討伐、ひいては商王朝の終焉に繋がったということが記されています。

西伯が黎に勝ったという報告を、帝辛にしたのは、臣下の祖伊（そい）でした。

祖伊は、今こそ、帝辛が自らの行いを改めて徳を積む行いをすべきだと伝えますが、帝辛は、傲慢な言葉でこれをはねつけます。

祖伊は、この言葉を聞いて、帝辛の不徳こそが、商王朝を滅亡に導く結果になったのだということを宣言するのです。

■コラム 『周易』

西伯と呼ばれる姫昌（姫は姓、諱は昌）は、殷の紂王に捕らえられ、幽閉されました。溜息をついたということで、紂王の政治に不満があると讒言を受けたからです。この時に書いたのが『周易』だと言われます。『周易』は占いの本として知られています。この後、昌は、美女と財宝と領地を紂王に献上して、中国の西を統括する伯（諸侯）に任命されます。こうして自らの領土を拡大し、紂王を倒す準備を整えて行くのです。

西伯戡黎（西伯黎に戡つ）

殷　始めて周を咎む。周人　黎に乗つ。祖伊　恐れ、奔りて受に告ぐ。西伯戡黎を作る。

西伯　既に黎に戡つ。祖伊　恐る。奔りて王に告げて曰く、天子、天既に我が殷命を訖う。格人・元亀も、敢て吉を知ること罔し。先王　我が後人を相けざるに非ず。惟れ王　淫戯にして、用って自絶す。故に天我を棄て、康食すること有らず。天性を虞らず。典に迪み率わず。今、我が民　喪びんことを欲せざる罔し。曰く、天　曷ぞ威を降さざる。大命　摯らざる。今　王其れ台の如し。

王曰く、嗚呼、我が生、命　天に在るに有らずや。

祖伊反して曰く、嗚呼、乃の罪多くして、上に参在す。乃能く命を天に責めんや。殷の喪びに即く、乃の功を指すに、爾の邦に戮せらるること無からずや。

殷は周を悪むようになりました。周の人々が黎の国との戦いに勝ったからです。祖伊という臣下が、心配して駆けつけ帝辛・紂王に告げました。これが「西伯戡黎」の一篇です。

周の西伯文王が、ようやく黎の国との戦いに勝ちました。祖伊という臣下が心配しました。そして駆けつけ、帝辛・紂王に告げて言いました。

「天子よ、天は、既に、我が殷に対する天命を終えました。道に到達した賢者たちも、占いの大きな亀も、殷の将来を吉とは占っておりません。先王たちが我々子孫を助けないというわけでありません。しかし、王様が遊びに耽り、御自分から先王との関係をお絶ちになってしまったのです。だから、天は我々を見棄てて、祭の食物を受けることもなくなってしまわれたのです。それなのに、王様は、天命が離れて行くことに思いを寄せられず、人倫の道として説かれた経典にも依ろうとはなさいません。今となっては、我らが人々も殷が亡びることを願わない者はなくなってしまいました。そして、皆はこう言っております。『天はどうして罰を殷に降さないのか、どうして天の大いなる命令を受けた人が来ないのだろう』と。今に王様は、私の申すとおりの罰をお受けになられるでしょう」

これに対して王が言いました。「ああ、私の寿命は、天によって定められているのであって、人々の知る所ではないのではないか」

祖伊は、返事をして言いました。

「ああ、あなたの罪は、天上にすでにたくさん伝えられています。あなたが、これ以上寿命を天に求めることができるでしょうか。できはしません。殷の国が亡びかかっているのは、あなたのせいであること。あなたが、あなたの邦によって殺されることになるのは、無理もないことでありましょう」

◆殷始咎レ周。周人乗レ黎。祖伊恐、奔告二于受一。作二西伯戡黎一。

西伯既戡レ黎。祖伊恐。奔告二于王一曰。天子、天既訖二我殷命一。格人・元亀、罔二敢知レ吉。非二先王不レ相二我後人一。惟王淫戯、用自絶。故天棄レ我、不レ有二康食一。不レ虞二天性一。不三迪二率典一。今我民罔レ弗レ欲レ喪。曰、天曷不レ降レ威。大命不レ摯。今王其如レ台。

王曰、嗚呼、我生、不レ有二命在一レ天。

祖伊反曰、嗚呼、乃罪多、参二在上一。乃能責二命于天一。殷之即レ喪、指二乃功一、不レ無レ戮二于爾邦一。

【語句解説】

戡(か)つ——皆殺しにする。

格人(かくじん)——正しい心の人。至道の人。

康食(こうしょく)——食物が豊かなこと。

摯(いた)る——到達すること。

周書

泰誓（たいせい）

【泰誓とは】

「西伯」と呼ばれた文王は亡くなり、周は、文王から武王（ぶおう）へと諸侯の位が継承されました。さて、武王は、文王の遺志を継いで殷を伐（う）とうとし、河北（かほく）の孟津（もうしん）を渡ります。

　この時に、天と他国の諸侯に向かって言った言葉が「泰誓」一篇です。

「泰誓」と書かれていますが、「泰」は「大」と発音も意味も同じで、武王が不徳の殷王朝を滅亡させ、新しく周王朝を創建するに至った経緯を伝えるためにこのような篇名が付けられたのでした。

　さて、武王は天地が万物の父母であり、人は万物の霊長であると前置きをしてから、天命を受けて代々続いて来た殷王朝の王、帝辛が天命を蔑（ないがし）ろにして傍若無人の振る舞いをしていることを人々に知らせます。

そして、自らが天命を受けて、帝辛を討伐することの正しさを宣言するのです。もし、天命を受けていないとすれば、自分は天罰を甘んじて受けよう。しかし、天命を受けての討伐であるとすれば、この戦いは、人々を救うことになるのだと言うのです。

■コラム　「明治」

文王が亡くなり、子の武王が父の志を引き継いで紂王を伐ち、周王朝を創建します。さて、文王が著したのが『周易』ですが、「明治」という元号は『周易』から採られています。「聖人、南面して天下を聴き、明に嚮ひて治む」という言葉です。これは、「聖人は北極星のように不動で南面して政治を行う。天下は聖人の徳を慕って明るく治まる」という意味です。越前福井藩主・松平春嶽が選定したいくつかの案から、天皇がくじ引きをして「明治」が選ばれたと伝えられます。

周系図　数字は在位の順。『史記』周本紀他による。

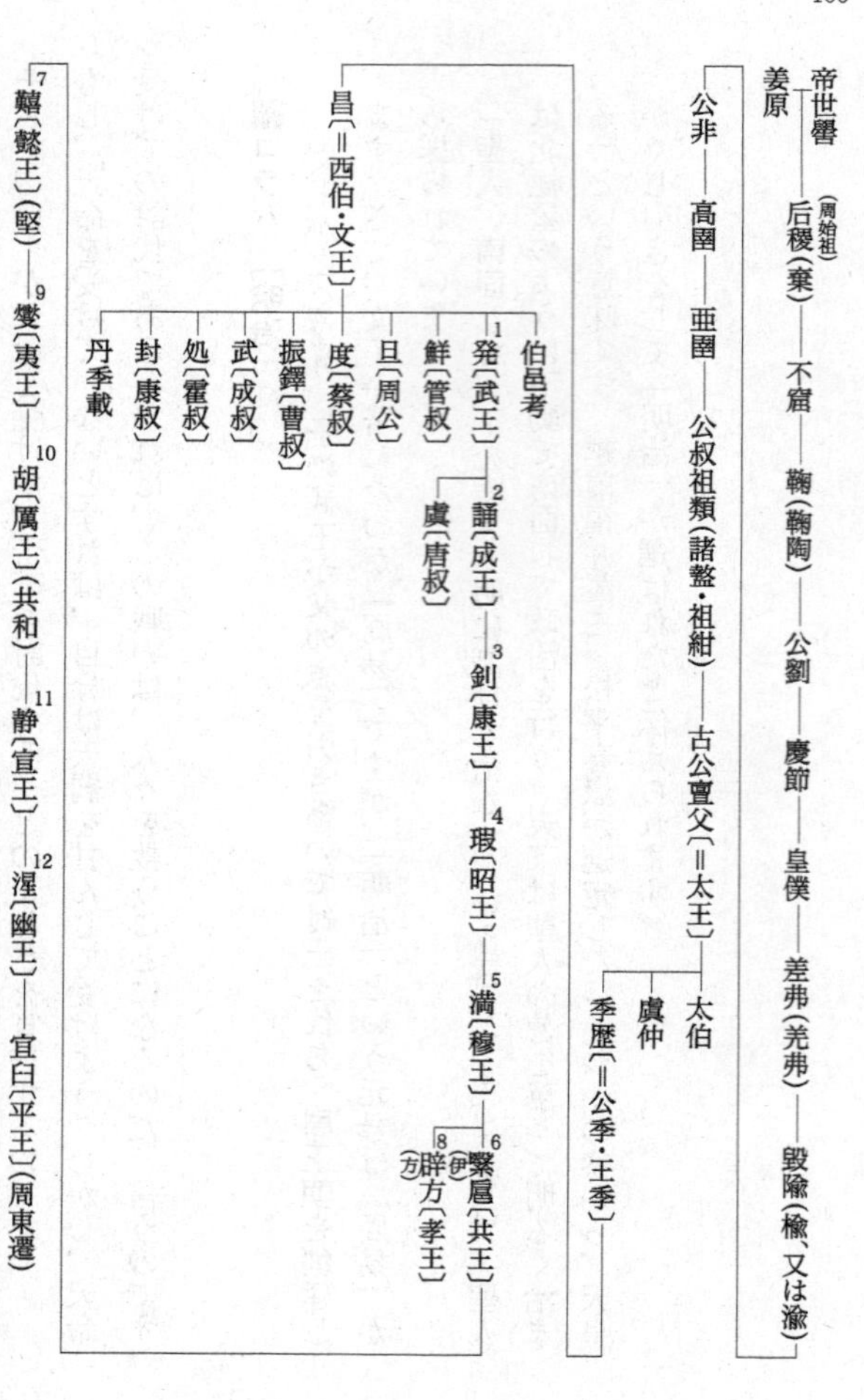

泰誓上

惟れ十有一年、武王殷を伐つ。一月戊午、師孟津を渡る。泰誓三篇を作る。

惟れ十有三年、春、大いに孟津に会す。王曰く、嗟、我が友邦の冢君、越び我が事を御する庶士、明らかに誓いを聴け。惟れ天地は万物の父母、惟れ人は万物の霊。亶聡明なれば元后と作り、元后は民の父母と作る。今商王受、上天を敬せず、災を下民に降し、沈湎冒色して、敢えて暴虐を行う。人を罪するに族を以ってし、人を官するに世を以ってす。惟れ宮室台榭、陂池侈服、以って爾万姓を残害す。忠良を焚炙し、孕婦を刳剔す。皇天震い怒りて、我が文考に命じて、粛んで天威を将なわしむるに、大勲未だ集らず。

肆に予小子発、爾友邦の冢君を以って、　政を商に観る。惟れ受、心を悛むること有ること罔く、乃ち夷居して上帝神祇に事えず、厥の先の宗廟を遺てて祀らず。犠牲粢盛、凶盗に既きぬ。乃ち曰う、吾　民有るは命有ればなりと。其の侮りを懲らす罔し。

天　下民を佑け、之が君と作し、之が師と作す。惟れ其れ克く上帝を相けて、四方を寵綏せん。罪有るも罪無きも、予　曷ぞ敢えて厥の志に越くこと有らん。

力を同じうするは徳を度り、徳を同じうするは義を度る。受　臣億万有るも、惟れ億万の心。予　臣三千有りて、惟れ一心。商の罪　貫盈す。天　命じて之を誅せしむ。予　天に順わずんば、厥の罪惟れ鈞しからん。

予小子　夙夜祇み懼れ、命を文考に受け、　上帝に類し、冢土に宜し、爾有衆を以って、天の罰を底す。天　民を矜れむ。民の欲する所は、天　必ず之に従う。爾尚くは予一人を弼けて、永く四海を清めよ。時なるかな失うべからず。

文王の十一年、武王が殷を伐とうとしました。十一年一月戊午の日、軍師が河北の孟津を渡りました。

文王の十三年春、周の配下にいる諸侯たちが孟津に集まりました。そこで武王が仰いました。

「ああ、我が友邦の大君たち、また我が公事に携わっている官吏のひとたち、心を開いて私の誓いを聴いて欲しいのです。そもそも天地は万物の父であり母であり、人は万物の霊長です。その人の中で誠に聡明な者は元首となり、元首は人々の父となり母となります。今、殷の王・受は、上なる天を敬わず、災禍を人々にもたらし、酒に溺れ、女色を貪り、欲望のままに暴虐を行っています。ひとりの人に罪を科すのにそれを家族にまで及ぼし、任官は家系に依るようになっています。宮殿、高殿、沢に池、服飾、調度に豪奢を極め、そして人々を傷つけているのです。例えば忠臣を火炙りにし、妊婦の腹を割くなどです。

大いなる天は激怒され、我等が文王に命じて、謹んで天罰を下すようにと命じられましたが、その大事業を完成することはできませんでした。そこで、未熟な私・発が、友邦の大君である皆様に、一緒に殷の政治を見てもらうことにしたのです。しかし、殷の王・受はこのことで心を改めることもなく、ひとり威張って天に仕えず、先祖の宗廟さえも打ち棄てて祀ることもありません。犠牲の動物も、お供えの穀物も、凶悪な盗賊に持ち去られてしまっています。しかもなお、私の周りに人々が付き従っているのは、天命があるからだと言っているのです。そしてもはや、受の侮辱を懲らしめる人さえありません。

天は、地上にいる人々を助けようと、私をその君主とし、指導者とされました。さてそこで、私は天帝とともに、天下四方を統べて安らがせようと思うのです。この度の討伐が、罪になろうと罪になるまいと、私は敢えて私の志に背くことができましょうか。殷の受と私と武力が同じ程度であれば、徳でその違いを比べて下さい。徳の深さが同じであれば、正しさという点で比べて下さい。

受には億万の臣下がありますが、億万の心はバラバラです。私には三千の臣下しかありませんが、その心は一つです。殷の罪は満ち溢れています。天は彼を伐てと命じられたのです。私がもし、この天命に従わないとするならば、受が受けるべき罪と同じことになるでしょう。

　未熟な私は、明け暮れ謹み懼れて、この命令を文王に受け、上帝には類の祭を、地には宜の祭をし、皆皆様を率いて天罰を下そうと誓うのです。天は、我々民衆を憐れんでいらっしゃいます。人々の願いに、天は必ず従われるでしょう。皆様、どうぞ私を助けて、永久にこの天下を清めて下さい。今こそその時なのです。この時を逃してはなりません」

◆惟十有一年、武王伐レ殷。一月戊午、師渡二孟津一。作二泰誓三篇一。
惟十有三年、春、大会二于孟津一。王曰、嗟、我友邦冢君、越我御レ事庶士、明聴レ誓。
惟天地万物父母、惟人万物之霊。亶聡明作二元后一、元后作二民父母一。今商王受、弗レ敬二上天一、降二災下民一、沈湎冒色、敢行二暴虐一。罪レ人以レ族、官レ人以レ世。惟宮室台樹、陂池侈服、以残㆓害于爾万姓㆒。焚㆓炙忠良㆒、刳㆓剔孕婦㆒。皇天震怒、命㆓我文考㆒、粛将㆓天威㆒、大勲未㆑集。

肆予小子発、以㆓爾友邦冢君㆒、観㆓政于商㆒。惟受、罔㆑有㆑悛㆑心、乃夷居弗㆑事㆓上帝神祇㆒、遺㆓厥先宗廟㆒弗㆑祀。犠牲粢盛、既㆓于凶盗㆒。乃曰、吾有㆑民有㆑命。罔㆑懲㆓其侮㆒。

天佑㆓下民㆒、作㆓之君㆒、作㆓之師㆒。惟其克相㆓上帝㆒、寵㆓綏四方㆒。有㆑罪無㆑罪、予曷敢有㆑越㆓厥志㆒。

同㆑力度㆑徳、同㆑徳度㆑義。受有㆓臣億万㆒、惟億万心。予有㆓臣三千㆒、惟一心。商罪貫盈。天命誅㆑之。予弗㆑順㆑天、厥罪惟鈞。

予小子夙夜祗懼、受㆓命文考㆒。類㆓于上帝㆒、宜㆓于冢土㆒、以㆓爾有衆㆒、底㆓天之罰㆒。天矜㆓于民㆒。民之所㆑欲、天必従㆑之。爾尚弼㆓予一人㆒、永清㆓四海㆒。時哉弗㆑可㆑失。

【語句解説】

冢君（ちょうくん）——諸侯に対する敬称。大君。

沈湎冒色（ちんめんぼうしょく）——酒色に耽り溺れること。

台榭（たいしゃ）——「台」は土を高く築いて、上を平らにした物見台。「榭」は木造で屋根のある物見台。

陂池修服（はちしふく）——「陂池」は溜め池。「修服」は派手な服。

孕婦（ようふ）——妊娠した女性。

刳剔（こてき）——「刳」「剔」、いずれも刀などでえぐること。

大勲（たいくん）——大きな手柄。抜群の勲功。

粢盛（しせい）——神への供物として器に盛った穀物。

寵綏（ちょうすい）——いつくしみ安んずること。

鈞しい（ひとしい）——まんべんなく行き渡ること。

冢土（ちょうど）——土地の守護神。

矜れむ（あわれむ）——かわいそうに思うこと、また、くよくよと思い悩むこと。

洪範（こうはん）

「天地を覆う大いなる法」

【洪範とは】

「洪範」の「洪」は「大いなる」という意味で、「範」は「法」を意味します。つまり「天地を覆う大いなる法」を意味します。

『漢書』五行志には「禹が洪水を治めた時、天から雒書（らくしょ）を賜りました。その雒書の内容を箕子（きし）が祖述したものが洪範である」と記されています。

さて、武王は殷の帝辛・紂王を殺して、殷の存続のために紂王の子の武庚を即位させました。そして、紂王の親戚で紂王を諫めて政治を改めさせようとした賢臣・箕子を連れて、周に帰国しました。

箕子は、周王朝を創建する武王に、天地の法を告げるのです。

その内容は「一、五行」「二、五事」「三、八政」「四、五紀（ごき）」「五、皇極（こうきょく）」「六、三徳（さんとく）」

「七、稽疑(けいぎ)」「八、庶徴(しょちょう)」「九、五福六極(ごふくりつきょく)」についてでした。

ちなみに、論理学で使われたドイツ語の「Kategorie（カテゴリー）」を日本語で「範疇」とするのは、「洪範」の九つに、世界のすべての現象が分類されるからです。また、この篇の今文とされるものが、『史記』宋微子世家に掲載されています。

【語句解説】

五行(ごぎょう)――水、火、木、金、土の五つの宇宙の根源的要素。

五事(ごじ)――貌、言、視、聴、思。人が気を付けないといけないこと。

八政(はっせい)――食（国家の食糧業務）、貨（国家の経済）、祀（国家の祭典）、司空（土木）、司徒（地方行政・教育）、司寇（司法）、賓（外交）、師（軍事）。

五紀(ごき)――歳（年のめぐり）、月（月のめぐり）、日（一日のめぐり）、星辰（星のめぐり）、暦数（農耕に叶う一年のめぐり）。

皇極(こうきょく)――王が法を作り、五福を与える機能を王が握り、衆民に五福を与えること。

三徳(さんとく)――正直であること、剛克（剛毅で進んで物事を行うこと）、柔克（おだやかで困難に耐える力のあること）。

稽疑(けいぎ)——亀の甲による占、筮竹による占を行う人を、しっかり選んで立てること。

庶徴(しょちょう)——雨、陽、暖かさ、寒さ、風のこと。

五福(ごふく)——寿、富、康寧（安らかさ）、善徳を修めること、老いて天寿を全うすること。

六極(りっきょく)——幼児のうちに死ぬこと、未成年で死ぬこと、結婚前に死ぬこと、病気、心配事、貧乏、身体が弱いこと。

洪範

武王殷に勝つ。受を殺して武庚を立て、箕子を以いて帰る。洪範を作る。

惟れ十有三祀、王　箕子を訪う。王乃ち言いて曰く、嗚呼、箕子、惟れ天下民を陰騭し、厥の居を相協す。我　其の彝倫の叙する攸を知らず。

箕子乃ち言いて曰く、我聞く、在昔、鯀、洪水を堙ぎ、其の五行を陳ぬるを汩す。帝乃ち震怒して洪範九疇を畀えず。彝倫の斁るる攸なり。鯀則ち殛死し、禹乃ち嗣興す。天乃ち禹に洪範九疇を錫う。彝倫の叙する攸なり。

武王は殷に勝ちました。帝であった受を殺し、その子の武庚を殷の後継者として立て、殷王の親戚である箕子を連れて帰国しました。そこで、箕子が「洪範」の篇を作りました。

　文王受命の十三年、武王は箕子を訪問されました。王はそこで仰いました。

「ああ、箕子よ、天は何も仰らずに、人々を助け、その暮らしを和やかにされました。私はその永久不変の道がどのようにしてかくも整っているのかを存じません」

　すると箕子が仰いました。

「私はこのように聞いております。昔、鯀が洪水を堙き止め、五行の正しい連なりを乱したのです。天帝は激怒され洪範という天地の大法を伝える九つの教えを授けられませんでした。永久不変の道はここで壊されてしまったのです。鯀は放逐されて死に、その子の禹が跡を継いで一代を興しました。天帝は、そこで洪範という天地の大法を伝える九つの教えを禹にお教えになったのです。常なる道は、こうして秩序を保つことになったのでした」

◆武王勝レ殷。殺レ受立二武庚一、以二箕子一帰。作二洪範一。

惟十有三祀、王訪二于箕子一。王乃言曰、嗚呼、箕子、惟天陰二騭下民一、相二協厥居一。我不レ知二其彝倫攸レ叙。

箕子乃言曰、我聞、在昔、鯀堙二洪水一、汨レ陳二其五行一。帝乃震怒、不レ畀二洪範九疇一。彝倫攸レ斁。鯀則殛死、禹乃嗣興。天乃錫二禹洪範九疇一。彝倫攸レ叙。

【語句解説】

陰騭（いんいつ）――「陰」は「覆う」、「騭」は「定まる」という意味。

相協（そうきょう）――「相」は「互いに」、「協」は「和」で、和やかであるということ。

彝倫（いりん）――人として常に守るべき道。

震怒（しんど）――激しく怒ること。

嗣興（しこう）――継いで、再び物事を完成させること。

大誥（たいこう）

【大誥とは】

武王が崩じた後、管叔、蔡叔（さいしゅく）、武庚、また淮夷（わいい）が叛乱を起こしました。叛乱を起こした人たちは、いずれも殷王朝の遺民です。周公は、成王を輔佐して、殷の跡目を絶つために征伐に行こうとします。「大誥」とは、その時に作られた「大いなる宣告」です。

殷の遺民討伐に際して、成王は文王が遺した亀を使って討伐の是非を占いました。占は「吉」と出ます。このことにより、成王は、天命が自分にあって、殷の遺民の側にはないことを確信します。殷の遺民討伐の宣言は、このようにして出されました。

「占いの結果に背いてはならない」と成王は、味方の諸侯や兵士に強く呼び掛けます。「文王、武王が企図されたことを完成させなければならない。そのために、謀叛を起こした者たちを討伐するのだ」と。

大誥

王若くのごとく曰く、猷もて大いに爾の多邦、越び爾の御事に誥ぐ。弔らざるもて、天　割を我が家に降すこと少なからず。惟れ我幼沖人に延洪す。無疆大歴を嗣いで服す。哲迪を造して民を康んぜず。矧曰や其れ能く天命を知るに格ること有るをや。巳、予惟れ小子、淵水を渉るが若し。予惟れ往きて朕が済る攸を求む。賁を敷き、前人の受命を敷き、茲に大功を忘れず。予敢て天の降す威用を閉ざさず。寧王、我に大宝亀を遺る。天明を紹いで命に即く。

成王はこのように言われました。

「大いなる道によって、あなた方多くの国々の諸侯と公務に携わる人々に告げましょう。至らぬ点があったために、天は私の家に禍を少なからず降されました。この禍は、幼い私にも降りかかっています。それは、限りない無窮の命運を継いで政務に服すべきであるのに、賢明な道によって人々を安らかにすることができなかったからなのです。ましてや、天命を知ることまで達することが、私にできるものでしょうか。ああ、まだ幼い私は、深い川を渡るようなものです。私は、ただ、進んで私が渡るべき所をもとめているばかりなのです。大いなる道をひろめ、先代の事業をひろめ、是に私も大いなる勲功を成し遂げることを忘れません。私は、敢えて天が降される謀叛者を討伐せよとの命を断ち切ろうとは致しません。天下を安らかにされた文王は、私に大きな宝の亀をお遺しになりました。その亀の占いによって私は、天の明らかな命を執り行おうとするのです」

◆王若曰、猷大誥二爾多邦、越爾御事一。弗レ弔、天降二割于我家一不レ少。延二洪惟我幼沖人一。嗣二無疆大歴一服。弗下造二哲迪一民康上。矧曰其有二能格一レ知二天命一。已、予惟小子、若レ渉二淵水一。予惟往求二朕攸一レ済。敷レ賁、敷二前人受命一、茲不レ忘二大功一。予不三敢于閉二天降威用一。寧王、遺二我大宝亀一。紹二天明一即レ命。

【語句解説】

越び（および）――「及」と同じ。

幼沖人（ようちゅうじん）――幼く若い人。

延洪（えんこう）――及んで降りかかってくること。

無疆大歴（むきょうたいれき）――「無疆」は極まることがないこと。「大歴」は、天が降す「命運」のこと。

哲迪（てってき）――聖哲の跡をふむ。聖賢の先蹤（せんしょう）に則る。

淵水（えんすい）――淵水は、流れないで深く溜まっている水。「淵水を渉（わた）るが若（ごと）し」とは、危険なことをすることの喩え。

大宝亀（たいほうき）――占いに使う大きな亀のこと。

武王崩ず。三監及び淮夷叛く。周公成王に相として、将に殷を黜たんとす。大誥を作る。

武王が亡くなりました。管叔蔡叔武庚の三監と淮夷が叛乱を起こしました。周公は、成王を輔佐して、殷の跡目を断ち切ろうとしました。その時「大誥」の篇が作られました。

◆武王崩。三監及淮夷叛。周公相二成王一、将レ黜レ殷。作二大誥一。

【語句解説】
相――輔佐する役人。

微子之命（びししめい）

【微子之命とは】


成王の討伐は成功します。殷の紂王の子である武庚を殺し、やがて叛乱は収まります。

微子（びし）は、紂王の兄で、名を啓という人物です。

成王は、殷王朝の祖である湯王の徳を高く聖なるものとして、微子こそがその徳を受け継ぐものであると言います。

周は、中国の西、現在の陝西省の地を中心に発達した国で、殷は東、河南省を中心に繁栄しました。

成王は、微子を東の方にある「宋」の国に封じて、万邦の規範となるような政治を行えと命じるのです。

微子之命

成王既に殷の命を黜け、武庚を殺し、微子啓に命じて殷の後に代わらしむ。微子之命を作る。

王若いて曰く、殷王の元子に猷す。惟れ古を稽えるに、徳を崇び賢に象る。先王を統承し、其の礼物を修む。王家に賓と作り、国と与に咸休して、永世窮り無し。嗚呼、乃の祖成湯、克く斉聖広淵なり。皇天眷佑して、誕いに厥の命を受く。民を撫くるに寛を以ってし、其の邪虐を除く。功時に加わり、徳後裔に垂る。爾惟れ厥の猷を践み修め、旧令聞有り。恪慎克孝、神人を粛恭す。予乃の徳を嘉して曰う、篤うして忘られず、と。

成王はすでに殷の天命を退けて、武庚を殺し、微子啓に命じて殷ののちに代わらせました。そして「微子之命」の篇を作られました。

王は、このように言われました。

「大いなる道によって、殷の王の長子に告げます。ここに古を考えれば、天子は徳を尊び、賢者に模範を求めたものです。先祖を踏襲して、その礼制と服色を整えられ、王家の賓客となり他の国々とともに安らかに、永世絶えることがないようにとされたのです。ああ、あなたの祖先であるすばらしい湯王は、聖徳によって広く深く世の中をお治めになられました。大いなる天は大いに湯王を助け、湯王は大いに天命を受けられ、人々を寛大な心で治め、邪悪なものたちを除かれたのです。湯王の功績は、その御代を潤すのみでなく、後代にも及びました。あなたも、その道を践み修め、前々からその誉れは聞こえておりました。慎み深くよく孝行に励み、神と人とに恭しく慎み深いと。私は、あなたの徳を立派なものとして褒め称えて言いましょう。心が篤くて忘れがたいものであると」

◆成王既黜二殷命一、殺二武庚一、命二微子啓一。代二殷後一作二微子之命一。

王若曰、猷二殷王元子一。惟稽レ古、崇レ徳象レ賢。統二承先王一、修二其礼物一。作レ賓二于王家一、与レ国咸休、永世無レ窮。嗚呼、乃祖成湯、克斉聖広淵。皇天眷佑、誕受二厥命一。撫レ民以レ寛、除二其邪虐一。功加二于時一、徳垂二後裔一。爾惟践二修厥猷一、旧、有二令聞一。恪慎克孝、粛二恭神人一。予嘉二乃徳一曰、篤不レ忘。

【語句解説】

元子(げんし)――天子の嫡子。第一皇子。

統承(とうしょう)――統べ承けること。

礼物(れいぶつ)――儀式を行うために用いるもの。ここではとくに儀式である「典礼」とそれに関わる文物をいう。

咸(みな)――「皆」と同じ。

休す――天命を承けること。

斉聖(せいせい)――慎み深く賢い、また正しく事理に通じていること。

広淵（こうえん）――広大で深淵であること。
践（ふ）む――決めたとおりに行う。言ったとおりに行う。
令聞（れいぶん）――良い誉れ、令名、名声のこと。
恪慎（かくしん）――敬い謹むこと。
克孝（こっこう）――己の欲に克ち、孝心を持っていること。
粛恭（しゅくきょう）――つつしんで恭しいこと。

■コラム　『論語』

『論語』「微子篇」に「微子はこれを去り、箕子はこれが奴（ど）と為り、比干（ひかん）は諫めて死す。孔子曰く、殷に三仁あり」とあります。これは、紂王の暴政によって「微子は殷国から去り、箕子は奴隷に転落し、比干は殷（商）の紂王を諫めて死罪となった。これに対して孔子は『殷には、三人の仁者がいた』」ということを言ったものです。

武王が殷を滅ぼして亡くなり、その子の成王が即位すると、まもなく、紂の子の武庚、管叔、蔡叔の三人は革命を起こし、殷の復活を試みました（「三監の乱」）。

周公旦は、これを鎮圧すると、亡命していた微子を呼び返し、殷の祭祀を紂の兄である微子に命ずるのです。

『論語』は、現在も広く読まれる書物ですが、『論語』だけで内容を知ろうとするには限界があります。孔子は五経を編纂した人であるともされますが、そうした意味においては、やはり『書経』は、『論語』を読むためにも是非とも読んでおかなければならない本なのです。

酒誥（しゅこう）

【酒誥とは】

成王は、かつて紂が都を置いた「妹（ばい）」（河南省淇県（きけん））に康叔（こうしゅく）を封じます。その時に命じて作られたのがこの篇です。

成王は、文王がつねに臣下に言っていた言葉をここに繰り返します。それは、「酒を彝（つね）とする無かれ」という言葉です。「酒は大きな祭のために天が命じて作らせたものであって、祭の時に飲む場合にも、はめを外して飲んで、酔いしれてはならない」

成王は、ひとえに、殷が天命を受けることができなくなったのは、酒を常用したためであると言います。

湯王から第二十九代の帝乙（ていいつ）までは、天命を受けて王朝を発展させることができたにも拘わらず、次の紂王の時代になると王だけでなく、群臣も酒を飲み、その臭気が天にまで上ったとし、そのために天罰が下ったのだと言うのです。

成王は言います。「民の上に立つ者が、酒に溺れてはならない」

■コラム 『論語』のなかの「酒」

論語には、「酒」に因んで書かれたものが二つあります。最も有名なのは「酒は量無く乱に及ばず」（郷党篇）でしょう。これは「乱れさえしなければ酒を大量に飲んで良い」という意味で訳することもできますが、当時、酒は、日常的に飲むものではありませんでした。たとえば、葬儀などで飲むものだったのです。「子曰わく、出でては則ち公卿に事え、入りては則ち父兄に事う。喪の事は敢て勉めずんばあらず。酒の困れを為さず、我において何か有らんや。（子罕篇）」とありますが、これは、「家外では上位の者によく仕え、家中では父兄によく仕える。葬儀の事は全力で務める。酒を飲んでも乱れない。その他に私に何が有るだろうか？」というものです。特別な場合に限るから大量に飲んでもいいのですが、だからこそ、乱れてはならないのです。

酒誥

王若くのごとく曰く、大命を妹の邦に明らかにせよ。乃の穆考文王、肇めて国を西土に在り。厥れ庶邦庶士越び少正御事に誥毖し、朝夕曰う、祀のみ茲れ酒せよと。惟れ天　命を降して、我が民に肇むる。惟れ元祀。天威を我が民に降して、用って大いに乱れ徳を喪う。亦た酒惟れ行うに非ざること罔し。小大の邦に越て用って喪ぶるも、亦酒惟れ辜に非ざること罔し。文王　小子・有正・有事に誥教す。酒を彝とすること無かれ。庶国に越て飲むも、惟れ祀にして、徳もて将ないて酔うこと無かれと。惟れ曰く、我が民小子を迪き、惟れ土物を愛さしむれば、厥の心臧しと。祖考の彝訓を聡聴し、小大に越て徳なれば、小子惟れ一たり。

成王はこのように仰いました。

「大いなる天の教えを、殷王朝の都があった妹(ばい)の国の人々に明らかにして教えましょう。宗廟の穆主であられた文王は、西方にその国を開かれました。そして、諸国、諸侯、また士大夫、事務を司る長官や事務官に戒めて告げるために朝夕に言われたのでした。『祭祀を行う時だけに酒を飲みなさい』と。そもそも天が、命を降して、我々に初めて酒を造る方法を教えて下さったのは、大きな祭祀を行うためだったのです。天が我々に罰を降して、混乱して徳を失うのも、酒を飲むことによってなのです。小さな国、大きな国が滅亡するのも、すべて酒がまさにその原因になっていることなのです。

文王は、若い人々や下級の役人などに教え諭されました。『酒を常飲してはいけない』と。また諸国の人々にも、『お酒を飲むのは祭の時に限り、徳を以って頂き、酔いしれることがないようにしなさい』と。

そして、文王はまた仰いました。『わが人々よ、若者を導いて大地から生まれるものを大切にさせれば、その心は善良になるでしょう』と。人々がこの文王の大切な教えを賢明に聞き分け、小さいことから大きなことにおいてまで徳を心掛けたので、若者たちもすべて一つになって国を保つことができたのでした」

◆王若曰、明二大命于妹邦一。乃穆考文王、肇国在二西土一。厥誥二毖庶邦庶士越少正御事一、朝夕曰、祀茲酒。惟天降レ命、肇二我民一。惟元祀。天降二威我民一、用大乱喪レ徳。亦罔レ非二酒惟行一。越二小大邦一用喪、亦罔レ非二酒惟辜一。
文王誥二教小子・有正・有事一。無レ彝レ酒。越二庶国一飲、惟祀、徳将無レ酔。惟曰、我民迪二小子一、惟土物愛、厥心臧。聡二聴祖考之彝訓一、越二小大一徳、小子惟一。

【語句解説】
庶邦庶士（しょほうしょし）――「庶邦」は多くの国々。「庶士」は多くの人々。
少正御事（しょうせいぎょじ）――各官の副長官。
誥毖（こうひ）――告げ戒めること。

辜（つみ）――「罪」に同じ。
誥教（こっきょう）――告げ教えること。
彝（つね）――「常」と同じ。ここでは「常用すること」をいう。
土物（どぶつ）――その地方の産物。名産物。
聡聴（そうちょう）――道理を弁えながら聡く聞くこと。

酒を飲むための青銅器の図
（『新定三礼図』）

君爽（くんせき）

【君爽とは】

成王が成人すると、周公はその政を成王に戻します。これに際して、洛邑（らくゆう）に新しい都が建てられました。また、召公と称される爽（せき）が太保（たいほ）の位に即（つ）き、周公は太師となり、成王を輔佐することになりました。

召公は、成王親政になったにもかかわらず、周公がなお太師となって政治に関与することを不快に感じます。

周公はそれを知って、召公に「君子である爽様」と呼び掛けるのです。

我々がもっとも大切にしないといけないものは、文王が行おうとされた、天命を受けた立派な徳治です。

「殷王朝が滅ぼされたのは、天命に背く行為を重ねて行ったからに他なりません」と。

しかし、天とは、まったく当てにはならないもので、つねに王を輔佐する臣下がいないといけないと周公は言うのです。

文王の時には五人の有徳の臣下が、武王の時には四人の臣下がありました。

そして、今、成王はまだ王位に即いて間もなく、今、まさに大きな川を向こう岸に向かって渡り始めたばかりです。なにとぞ、今しばらく、自分が成王の傍で太師となって輔佐することを許して欲しいと言うのです。

■コラム　孔子が憧れた人

周公旦は、武王から魯を封ぜられました。魯は、言うまでもなく孔子が生まれたところです。しかし、周公旦は、武王亡き後成王の摂政として政務に多忙であったため、自分の子・伯禽を魯に送って治めさせました。周公は「微子之命」に描かれるように「武」にも長け、さらに「礼」と呼ばれる封建、爵位、官職の制定なども行う「文武両道」の聖人として知られています。孔子が憧れた人のひとりでした。

君奭

召公　保と為り、周公　師と為り、成王を相けて左右と為る。召公　説ばず。周公　君奭を作る。

周公　若くのごとく曰く、君奭、弔らずして天　喪を殷に降す。殷既に厥の命を墜す。我が有周既に受く。我敢て知るのみならず、曰く、厥の基永く休に孚して、天に若い忱を棐く。我亦た敢て知るのみならず、曰く、其の終り不祥に出づ。嗚呼、君已、曰く、我を時とせよ。我亦た敢て上帝の命を寧んぜず。

永く遠く天威を念い、我が民に越て尤違罔からしめざらんや。惟れ人　我が後嗣の子孫に在り。大いに上下に恭すること克わず、前人の光を遏佚するも、家に在らば知らず。天命易からず。天諶し難し。乃ち其れ命を墜し、経歴することと克わず。前人を嗣ぎ、明徳を恭するは、今予小子旦に在り。克く正すこと有るに非ず。惟れ前人の光を迪みて我が沖子に施さん。又曰く、天信ずべからず。我道もて惟れ寧王の徳を延す。天庸て文王の受命を釈てず。公曰く、君、汝に朕が允を告ぐ。保奭、其れ汝克く敬み、予を以って殷喪の大否を監よ。肆に我が天威を念え。予允に惟れ茲の若く誥ぐるのみならず。予惟れ曰く、我が二人を襄え。汝合すること有れ。言いて曰うに、時の二人に在らば、天休茲よ至らん。惟れ時の二人戡えず。其れ汝克く徳を敬み、我が俊民を譲に在りて明らかにせば、後人于に丕いに時となららん。嗚呼、篤く時の二人を棐く。我式て克く今日に至るまで休なり。我咸文王の功を怠らざるに成さば、丕いに海隅出日に冒いて率俾せざること罔けん。公曰く、君、予茲の若く多誥するに恵うのみならず。予惟れ用って天を閔めて民に越ぼす。

公曰く、嗚呼、君、惟れ乃知れり。民徳亦た厥の初めを能くせざること罔し。惟れ其れ終あらん。祗んで茲に若い、往きて敬んで治を用いよ。

召公は太保となり、周公は太師の位に即き、ともに左右の大臣となって成王を助けていました。しかし、召公は周公に対して心中が穏やかではありませんでした。そこで、周公は「君奭」の篇を作られたのです。

周公は、道に則って仰いました。

「奭様、至らぬところがあったために、天は殷を滅ぼされました。殷がその天命を失墜したからこそ我が周の国はそれを受け継ぐことになったのです。私だけが敢えて知っているというわけではございません。しかし、殷もはじめのころは長く、立派な道に適い、天命に従って誠に人を助けていたのです。また、これも私だけが敢えて知っていることではありませんが、最後はよくないことになってしまったのでした」

「ああ、奭様」と周公は仰いました。

「私がこの位に止まっていることをよしとして下さいませ。私とて、敢えて天帝が降される天命に安んじているわけではございません。永く天の威光を念じ、我が王朝の人々が過つことがないようになさらないのですか。人々の心は、我が跡継ぎである子孫のもとに集まっています。成王様がもし、上下天地に対して恭しくすることができず、先王の輝かしい道を途絶えさせられたとしても、私が家にあったら、それを知ることができなくなってしまうのです。天命というものは簡単なものではございません。天とは、当てにして当てになるものではないのです。徳がなければその天命を失墜しやすく、天命を自ら受けて次に続かせることはできません。先人の後を継ぎ、明徳を謹んで守ることは、今、このつまらない私、旦（周公の名前）に掛かっているのです。私が成王の位置に立とうというためではありません。ただ、先王の輝かしい道を踏襲して、それを我が君、成王にお教えしようとしているのです」

周公はまた仰いました。

「天は信じることができるものではございません。私は、道に従ってただ文王が受けられた天命を守っていきたいのです」

　周公は仰いました。

「君よ。あなたに、私の真の心を申し上げましょう。太保である奭様、あなたは敬虔であらねばなりません。私の言葉を通して、殷が滅んだという重大さを直視されなければなりません。そして我が天の威光を深く思って頂きたいのです。私は、ただこのことを告げて言うばかりではないのです、私は強く、我等が文王と武王の偉業に従って事を行えと言いたいのです。あなたは、先王の道に心を合わせなければなりません。あなたの言葉がこの二人の道に従うものであれば、天のめでたさは、さらに慈しみに満ちたものとなるでしょうし、それはあのお二人でさえ受け取ることができないものになりましょう。さあ、あなたは誠に徳を慎み、我等が周の賢者たちが礼譲において優れていることを明らかにしたならば、後世の人々もおおいに正しい人となるでしょう。ああ、私は、篤く、このお二人を輔佐して参りました。そのことによって私は、今日までつつがなくやって来られたのでございます。私は、皆が文王の功績を怠ることなく完成させることができるとすれば、広く中国の隅々まで、太陽が出るところまでも覆って、すべての人々がわが王朝に服従するに違いないと信じるのです」

「公よ、私は、くだくだとあなたに告げようとするのではありません。私も天の道を行うことにつとめて、民にそれを施したいと思うのです」

周公はさらに仰いました。

「ああ、君よ、あなたもご存じのことでしょう、民の徳というものは、始めのころはうまく行かないものはありません（しかし、終わりを全うするものは少ないのです）。どうぞ有終の美を飾るようにつとめて下さい。慎んで道に従い、敬虔な思いで人々をお治め下さいますように」

◆召公為レ保、周公為レ師、相二成王一為二左右一。召公不レ説。周公作二君奭一。

周公若曰、君奭、弗レ弔天降二喪于殷一。殷既墜二厥命一。我有周既受。我不二敢知一、曰、厥基永孚二于休一、若レ天棐レ忱。我亦不二敢知一、曰、其終出二于不祥一。嗚呼、君已、曰、時レ我。我亦不三敢寧二于上帝命一。弗下永遠念二天威一、越二我民一罔中尤違上。惟人在二我後嗣子孫一。大弗レ克レ恭二上下一、遏二佚前人光一、在レ家不レ知。天命不レ易。天難レ諶。乃其墜レ命、弗レ克二経歴一。嗣二前人一、恭二明徳一、在二今予小子旦一。非二克有一レ正。迪二惟前人光一施二于我沖子一。又曰、天不レ可レ信。我道惟寧王徳延。天不三庸釈二于文王受命一。

公曰、君、告二汝朕允一。保奭、其汝克敬、以レ予監二于殷喪大否一。肆念二我天威一。予不二允惟若レ茲誥一。予惟曰、襄二我二人一。汝有レ合哉。言曰、在二時二人一、天休滋至。惟時二人弗レ戡。其汝克敬レ徳、明二我俊民在レ譲一、後人于丕時。

嗚呼、篤棐二時二人一。我式克至二于今日一休。我咸成二文王功于不一レ怠、丕冒二海隅出日一罔レ不二率俾一。

公曰、君、予不レ恵二若レ茲多誥一。予惟用閔二于天一越レ民。

公曰、嗚呼、君、惟乃知。民徳亦罔レ不レ能二厥初一。惟其終。祗若レ茲、往敬用レ治。

【語句解説】

奭（せき）——召公の名前。

君奭（くんせき）——「奭様」というほどの意味。

休に孚し――「天命を受けて」ということ。
棐く――両側から支えて助けること。
寧んず――心を落ち着けて静かに安心すること。
尤違――うらみたがうこと。
遏佚――止め失うこと。
経歴――年月を無為に過ごす。
沖子――幼年の子ども。
監る――監督するようにして観ること。
誥ぐ――告げること。
襄う――「助ける」の意味。
戠える――受け取ること。
率俾――心服すること。
多誥――多く告げること。
恵う――だらだらと言うこと。
閟めて――心してはげむこと。

立政

【立政とは】

成王が成人して、王位に即いた時に周公が述べた言葉が記されたのがこの篇です。

ここには、「任官」の難しさが記してあります。周公は言います「六卿（大宰・大司徒・大宗伯・大司馬・大司寇・大司空）、州牧（地方各州の長官）、獄吏（刑罰に関する役人）には、然るべき人物を就けないとなりません」

それは、「三俊」と呼ばれる「徳」を持つ人物、「剛」「柔」「正直」の「三徳」を持った人を言います。また、不正の民を、「三宅」と呼ばれる「九州の外」「四海の地」「国外」に流して、「国内の平和を維持するようにしないといけません」と。

文王の輝かしい威徳、武王の勇敢さをつねに顕彰し、不変の徳を有した賢者を任用すれば、成王の治は素晴らしいものとなると周公は諫言するのです。

立政

周公　立政を作る。

嗚呼、孺子王たり。継いで今より我が其の立政・立事・準人・牧夫、我其れ克く灼かに厥の若うを知らば、丕いに乃ち乱めしむ。我が受民を相け、我が庶獄庶慎を和せ。時くならば則ち之を間うること有る勿し。一話一言を自いよ。我則ち末に惟れ徳の彦を成して、以って我が受民を乂めん。

嗚呼、予旦　已に人に受くるの徽言、咸孺子王に告げり。継いで今より文子文孫、其れ庶獄庶慎を誤ること勿かれ。惟れ正是もて之を乂めよ。古の商人より亦た我が周の文王に越ぶまで、立政・立事・牧夫・準人、則ち克く之を宅き、克く由いて之を繹せば、茲れ乃ち乂めしむ。国は則ち立政に憸人を用うること有る罔し。徳に訓わず、是れ顕れて厥の世に在ることを罔からしむ。継いで今より立政に其れ憸人を以うること勿かれ。其れ惟れ吉士、用って勤めて我が国家を相めしめよ。今　文子文孫、孺子　王たり。其れ庶獄を誤ること勿かれ。惟れ有司の牧夫、其れ克く爾の戎兵を詰め、以って禹の跡に陟り、天下に方行して海表に至れば、服せざること有る罔し。以って文王の耿光を覲し、以って武王の大烈を揚げよ。

嗚呼、継いで今より後の王　立政に其れ惟れ克く常人を用いよ。周公若いて曰く、太史、司寇蘇公　式もてす。爾の由うる獄を敬み、以って我が王国に長からしめよ。茲の式　慎むこと有らば、列もて中罰を用いよ。

周公が「立政」の篇を作りました。

ああ、若君は、今、王となられました。引き続いて今からは、ともに政治を行われる大臣、事を行われる役人、準人、牧夫たちに対して、その仕事をよく行う者をお認めになられれば、大いに彼らは仕事を行うことになるでしょう。我々が天から授かった民を助け、様々な訴訟や様々な慎み行う職を調和とともに行ってください。そのようであればこれに替わるものはございません。命令には、それに相応しいひと言を用いられますように。そうすれば、ついには徳を美しくして、我々が天から授かった民も正しい道に進むでしょう。

ああ、私、旦はすでにこれまで人から聞いた素晴らしい言葉を、すべて、若君である王にお伝え致しました。引き続いて今からは、文王の子孫である王は、様々な訴訟や様々な慎み行う職を間違えられることがありませんように。正しい道によって、正しい道を進まなければなりません。古の商の人・湯王から我が周の文王に至るまで、大臣、事を行う役人、準人、牧夫たちには賢者を用いられましたが、このように王も賢者を用いて、政治をしていかれれば、天下を治めさせることができましょう。

国を立派なものにしようとなされれば、小賢しい人を用いてはなりません。そうした人は、徳にしたがわず、王の名を顕彰してこの世の中に名を挙げさせるということをしないものです。引き続いて今からは、小賢しい人を用いてはなりません。立派な役人を用いて、我らが国家を治められますように。

今、文王の子孫である若君は王となられました。その様々な訴訟を誤ってはなりません。

位を得ることになる牧夫たちの人選を誤ってはなりません。

必ず、王の兵を治め、禹の旧跡をたどり、天下を行き巡られれば、海のほとりの蛮夷の土地まで王に服従しないものはなくなりましょう。そして文王の輝かしさを人々に示し、武王の大いなる功烈を発揚なさるのです。

ああ、引き続いて今からは、後継ぎの王は、必ず普遍の掟に適った人を用いて下さい。

周公は、このように言われました。

「人事を司る太史よ、武王の司法長官を務めた蘇忿生(そふんせい)を採用して下さい。蘇忿生は、司法を慎み、長く我が王国に仕えて下さい。法というものは慎重に扱わなければなりません。条理を正しくして、法に適った刑罰を用いるのです」

◆周公作二立政一。

嗚呼、孺子王矣。継自レ今我其立政・立事・準人・牧夫、我其克灼知二厥若一。丕乃俾レ乱。相二我受民一、和二我庶獄庶慎一。時則勿レ有レ間レ之。自二一話一言一。我則末惟成二徳之彦一、以乂二我受民一。

嗚呼、予旦已受レ人之徽言、咸告二孺子王一矣。継自レ今文子文孫、其勿レ誤二于庶獄庶慎一。惟正是乂レ之。自二古商人一亦越二我周文王一、立政・立事・牧夫・準人、則克宅レ之、克由繹レ之、茲乃俾レ乂。国則罔レ有三立政用二憸人一。不レ訓二于徳一、是罔三顕在二厥世一。継自レ今立政其勿レ以二憸人一。其惟吉士、用勱相二我国家一。

今文子文孫、孺子王矣。其勿レ誤二于庶獄一。惟有司之牧夫、其克詰二爾戎兵一、以陟二禹之跡一、方三行天下一至二于海表一、罔レ有レ不レ服。以覲二文王之耿光一、以揚二武王之大烈一。

嗚呼、継自レ今後王立政其惟克用二常人一。

周公若曰、太史、司寇蘇公式。敬二爾由獄一、以長二我王国一。茲式有レ慎、列用二中罰一。

【語句解説】

牧夫（ぼくふ）――家畜を飼育する人が本来の意味であるが、実際に事務処理をおこなう人。

灼（あきら）か――目を配り認めること。

庶獄庶慎（しょごくしょしん）――「庶獄」はもろもろの獄訟、訴訟。「庶慎」はもろもろの慎むべきこと。

徽言（きげん）――良い言葉、善言。

憸人（せんじん）――心がよじれてへつらう人。ごますり。

戎兵（じゅうへい）――軍服と兵器。

耿光（こうこう）――明らかな光。

式（のり）――決まり、法式。

中罰（ちゅうばつ）――中正を得た刑罰。

顧命(こめい)

【顧命とは】

周公が亡くなり、まもなく成王も病気に罹って崩じます。

成王は亡くなる前に、太保の奭(せき)をはじめ、百官の長を召集して言葉を述べられました。

「自分の命は、もう長くはない。これまで文王、武王の威徳を継いで政治を行ったことで、愚かな自分も天命を受け継ぎ、道から外れずにやってこられたが、この病によって自分の命も尽きるだろう。ついては、太子の釗(しょう)(後の「康王(こうおう)」)を輔佐して、困難を乗り越えるように導いてやって欲しい」と。

翌日、成王は崩御されます。

はたして、まもなく、太保の召公・奭が差配して、釗が康王として即位します。

王は、即位の儀式の時に、「眇眇(びょうびょう)たる予、末小子、其れ能く四方を乱(おさ)めて以って天威

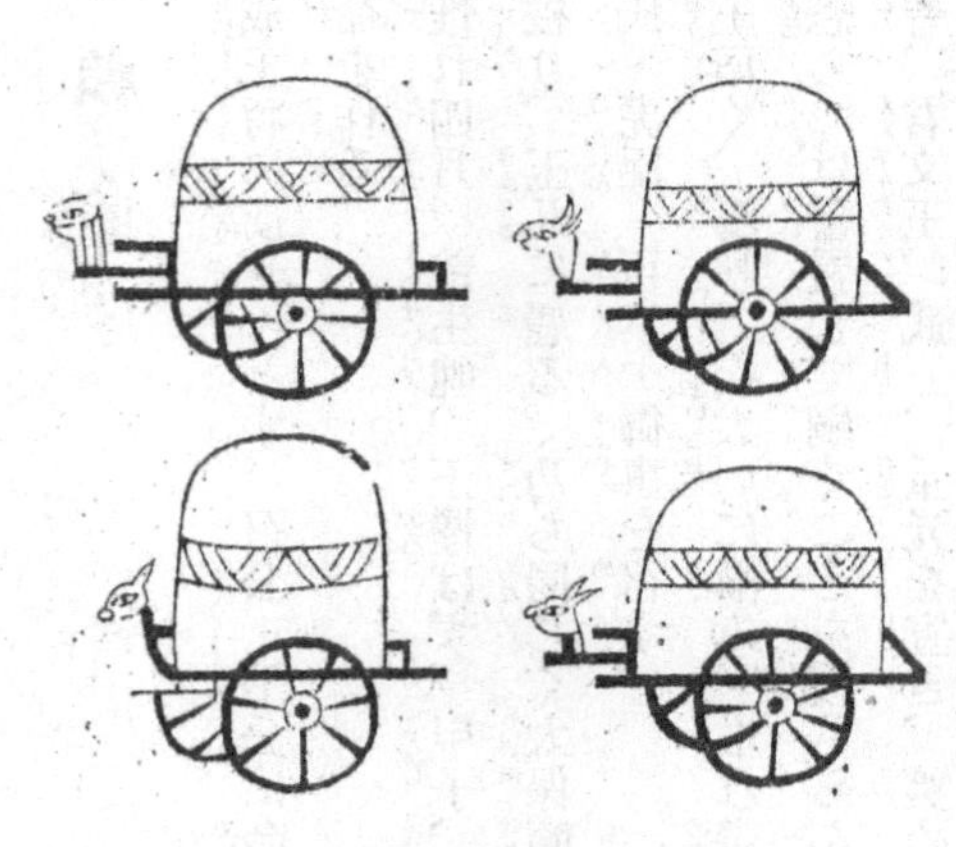

葬儀に用いる車（『新定三礼図』）

を敬しみ、忌むが而くならんや」と言います。「非力な私が、天下四方を治め、天のご威光を謹み敬うことができるだろうか」という畏敬の念を表すのです。

王は、太保から即位の儀式のために用意された酒を三度受け、王は太保に同じく、三度酒を返し、即位の儀式が終わるのです。

「顧命」とは、「天子が臨終の時、遺言して臣下に死後のことを命じること」を意味します。

成王の「顧命」によって、釗が康王として即位したことを記したのがこの篇です。

顧命

成王将に崩ぜんとす。召公・畢公に命じ、諸侯を率いて康王を相けしむ。顧命を作る。

惟れ四月。哉生魄、王懌ばず。甲子、王乃ち水に洮頮し、相けられて冕服を被り、玉几に憑る。乃ち同じく太保奭・芮伯・彤伯・畢公・衛侯・毛公・師氏・虎臣・百尹・御事を召す。

王曰く、嗚呼、疾大いに漸み、惟れ幾し。病日に臻り、既に弥しく留まる。恐らくは誓言して嗣ぐことを獲ざらん。茲れ予、訓を審かにして汝に命ず。昔、君文王、武王、重光を宣き、奠めて教えを麗陳して則ち肄す。肄すれども違わず。用って克く殷を達きて大命を集す。後に在るの侗、敬みて天威を迓え、文武の大訓を嗣守し、敢て昏逾すること無し。今天疾を降して殆し。興きず悟らず。爾尚くは時の朕が言を明らかにし、用って敬んで元子釗を保んじ、弘いに艱難を済い、遠きを柔らげ邇きを能くし、小大の庶邦を安勧せよ。夫の人の自ら威儀を乱むることを思え。爾釗を以って非幾に冒貢すること無かれ。

茲に既に命を受けて還る。綴衣を庭に出だす。

成王が亡くなられようとしていました。この時、成王は召公と畢公に命じて、諸侯を率いて康王を輔佐するようにと仰いました。そして「顧命」の一篇が作られました。

さて、四月の月が欠けた初めの日、成王は気分が優れませんでした。その十六日、王は水で手と顔を洗い、侍従に冕服を着せてもらい、玉の脇息に凭れかかられました。そして、太保の奭、芮伯、彤伯、畢公、衛侯、毛公及び師氏、虎臣と百官の長と事務を行う人たちをすべて召集されました。

王は仰いました。

「ああ、私の病はたいそう進み、おそらく命も危ういようです。病気は日ごとに重くなり、私の身体から離れません。おそらく、確かな言葉で私の後を継いで欲しいと言うことも次の王に言うことは難しいと思います。そこで、私は、はっきりと、ここで皆に訓令をしようと思うのです。

昔、先君である文王と武王は、輝かしい上にも輝かしい徳を敷かれ、天命を安定して、教訓を述べる努力をなさいました。努力をして道から離れることがないようにされたのです。そして、よく殷にあった天命を周へとお導きになり、大いなる天命を成就されたのでした。その後裔である愚かな私は、敬んで天のご威光を迎え、文王、武王の大いなる教えを継いで守り、敢えて乱したり踏み外すことがないようにしたのでした。今、天は、私に病を降され、私の命も危ういものとなっております。起き上がることもできず、気を確かにしていることもできません。あなた方、どうかこの私の言葉を明らかにして、そして敬んで太子である釗を輔佐して立派に困難を乗り越え、遠くのものを懐け、親しいものをも善くし、大小の諸国を安寧にして励まして欲しいのです。彼らが自ら威儀を正して、治まるよう考えてやって欲しいのです。そして、皆様に、釗がよからぬことや危険なことに踏み込まないようにして欲しいのです」

　こうして、皆は、王の命令を受けると帰りました。そして、葬礼の準備のための綴衣を庭に出したのでした。

◆成王将レ崩。命二召公・畢公一、率二諸侯一相二康王一。作二顧命一。

惟四月。哉生魄、王不レ懌。甲子、王乃洮二頮水一、相被二冕服一、憑二玉几一。乃同召二太保奭・芮伯・彤伯・畢公・衛侯・毛公・師氏・虎臣・百尹・御事一。

王曰、嗚呼、疾大漸、惟幾。病日臻、既弥留。恐不レ獲二誓言嗣一。茲予、審レ訓命レ汝。昔君文王、武王、宣二重光一、奠麗二陳教一則肄。肄不レ違。用克達レ殷集二大命一。在レ後之侗、敬迓二天威一、嗣二守文武大訓一、無二敢昏逾一。今天降レ疾殆。弗レ興弗レ悟。爾尚明二時朕言一、用敬保二元子釗一、弘済二于艱難一、柔レ遠能レ邇、安二勧小大庶邦一。思三夫人自乱二于威儀一。爾無三以レ釗冒二貢于非幾一。

茲既受㆑命還。出㆓綴衣于庭㆒。

【語句解説】

哉生魄（さいせいはく）――陰暦の月の十六日をいう。
洮頮（とうかい）――髪と顔を洗うこと。また手や顔を洗うこともいう。
玉几（ぎょくき）――美しく立派な机。
臻（いた）る――どんどんすすむ。
弥（ひさ）しく――ようやく、あまねく。しきりにやってくる。
重光（ちょうこう）――幾重にも重なる徳の光。
肄（い）す――練習すること、学ぶこと。
集（な）す――成就すること。
侗（どう）――愚かな者という自らをいう謙譲語。
嗣守（ししゅ）――継いで守ること。
元子釗（げんししょう）――天子の嫡子である釗という名の嫡男。
安勧（あんかん）――安らかに徳に努めるよう勧めること。

非幾（ひき）——危険なこと。
冒貢（ぼうこう）す——足を踏み入れてしまうこと。
綴衣（ていい）——喪服をいう。

■コラム　「顧命」の意味

「顧命」という篇名については、古代から何を意味するのかと議論がなされてきました。ひとつは「王の臨終の時に出される命で、それを聞いてハッと首を回らす」というものです（後漢・鄭玄（じょうげん））。あるいは、臨終に及んで王の足跡を顧みる（唐・孔穎達（くようだつ））というものです。ただ、本篇の内容に「群臣が顧命を受ける」ということが書かれ、その後の康王の受冊まで記されていますので、おそらく鄭玄の説が正しいのではないかと思われます。

【康王即位の礼】

周王朝、第四代の王となった康王は、「応門」という王の住居の内側の門に出て、諸侯たちから言葉をもらいます。

「殷の天命を革めた文王、武王以来、先王の徳によってここまで続いてきた周王朝の天命を決して損なわれることがないように」

これに対して、康王が臣下に命じて言います。これが康王の「誥」です。

「先帝・文王、武王は、至美、中正、誠実の道を歩まれました。また二心なき臣下たちの輔佐があってこそ、天の道に従って正しい政治をすることができたのです。どうか、心して従う道を守り、私の恥となるようなことはしないで欲しい」と。

顧命―康王即位の礼

康王　既に天子を尸る。遂に諸侯に誥ぐ。康王之誥を作る。

康王之誥

王出でて応門の内に在り。太保　西方の諸侯を率いて応門より入りて左す。畢公　東方の諸侯を率いて応門より入りて右す。皆　乗の黄朱なるを布ぬ。賓　圭兼ねて幣を称奉して、曰く、一二の臣衛、敢て壌を執りて奠す。皆再拝稽首す。王　義もて徳に嗣ぎ、答拝す。

太保曁び芮伯、咸な進みて相い揖す。皆　再拝稽首す。曰く、敢て敬みて天子に告ぐ。皇天　大邦殷の命を改む。惟れ周の文武、誕いに羑を受けて若い、克く西土を恤う。惟れ新たに王に陟り、畢く賞罰を協え、厥の功を戡定し、用って後人の休を敷遺せよ。今王之を敬せん哉。六師を張惶し、我が高祖の寡命を壊ること無かれ。

王若いて曰く、庶邦侯・甸・男・衛、惟れ予一人釗報誥す。昔君文武、丕いに平らぎ、富にして咎むることを務めず。至斉信を底して、用って天下に昭明なり。則ち亦た熊羆の士と心を二にせざるの臣有り。王家を保んじ乂む。用って上帝に端命せらる。皇天用って厥の道に訓い、四方を付畀す。乃ち命じて侯を建て、樹てて屏とす。我が後の人に在り。今、予が一二の伯父、尚くは胥い曁に顧み、爾の先公の先王に臣服するに綏んぜよ。爾の身外に在りと雖も、乃の心王室に在らざること罔かれ。用って奉じて厥の若うところを恤え、鞠子の羞を遺すこと無かれ。

群公既に皆命を聴く。相い揖して趨り出づ。王冕を釈ぎて喪服に反る。

康王は、こうして「天子」を名告られました。そして諸侯に告げられました。

「康王之誥」の篇が作られました。

王は、応門の内庭にいらっしゃいました。太保は、西方の諸侯を率いて応門より入り、王の左側に在りました。畢公は、東方の諸侯を率いて応門より入り、右側に在りました。皆、たてがみの黄色い朱色の馬を引き連れていました。賓客である諸侯たちは、圭と幣を捧げて申しました。

「我々臣下は、大地の生み出すものを王に捧げます」

皆は、再拝稽首しました。

そして、王は、正式に先王の徳を嗣ぎ、これに返答されました。

太保は、芮伯とともに王の前に進み、手を拱いて挨拶を交わされました。皆が再拝稽首しました。そして、次のように言われました。

「敬んで、天子に申し上げます。大いなる天は、大国・殷の天命を改められました。そして周の文王、武王様が、大いなる天の道を受けて天命に従われたので、天はわが西方の国を気に掛けてこられたのです。さて、康王様は新たに天子になられたのです。すべての賞罰をととのえ、人々の功績をきちんと判断し、そして後世の人々に豊かさを広く残されますように。さあ、王様、敬んで行い下さい。天子の六軍を拡充して、高祖様の天命を損なわれませんように」

王は応えて仰いました。

「それぞれの国の侯・甸・男・衛の爵位を持つ人たちよ、私、釗は諸君の教えに従いましょう。昔、我が君である文王、武王の統治されていた頃は、天下は大いに泰平で、豊かであって、誰かの罪を咎めるということもありませんでした。至って誠に信頼をおいて世をととのえ、天下に輝きわたっておられました。また、熊羆のような勇猛な士が、二心なく臣下としていらっしゃって、王家を守り治められたのです。かくして、天帝に正しい天命を受けられたのです。大いなる天は、その道に従って、四方の国々をお預けになりました、はたして、文王、武王に命じて、諸侯を立てて、王室の藩屏とされたのです。それは、我々、後世の人のためでもありました。今、私の伯父たちよ、どうか、私とともに、文王、武王に臣下として尽くされたように一緒にやっていただきたい。

あなた方の身体は、外に在ったとしても、心は王室とともに在って欲しい。従うべき道を大切にし、この若い私の恥となるようなことはなさらないようにして欲しい」

諸侯は、こうして康王の命令を拝聴しました。互いに手を拱いて挨拶をすると退出されました。王は、冕服を脱いで、喪服にお着替えなさいました。

◆康王既尸㆓天子㆒。遂誥㆓諸侯㆒。作㆓康王之誥㆒。

王出在㆓応門之内㆒。太保率㆓西方諸侯㆒入㆓応門㆒左。畢公率㆓東方諸侯㆒入㆓応門㆒右。皆布㆓乗黄朱㆒。賓称㆓奉圭兼幣㆒、曰、一二臣衛、敢執㆑壌奠。皆再拝稽首。王義嗣㆑徳、答拝。

太保暨芮伯、咸進相揖。皆再拝稽首。曰、敢敬告㆓天子㆒。皇天改㆓大邦殷之命㆒。惟周文武、誕受㆑羑若、克恤㆓西土㆒。惟新陟㆑王、畢協㆓賞罰㆒、戡㆓定厥功㆒、用敷㆓遺後人休㆒。今王敬㆑之哉。張㆓惶六師㆒、無㆑壊㆓我高祖寡命㆒。

王若曰、庶邦侯・甸・男・衛、惟予一人釗報誥。昔君文武、丕平、富不㆑務㆑咎。底㆓至斉信㆒、用昭㆓明于天下㆒。則亦有㆓熊羆之士不㆑二㆑心之臣㆒。保㆓乂王家㆒。用端㆓命于上帝一。皇天用訓二厥道一、付二畀四方一。乃命建レ侯、樹屏。在二我後之人一。今予一二伯父、尚胥曁顧、綏三爾先公之臣二服于先王一。雖二爾身在一レ外、乃心罔レ不レ在二王室一。用奉恤二厥若一、無レ遺二鞠子羞一。

群公既皆聴レ命。相揖趨出。王釈レ冕反二喪服一。

【語句解説】

黄朱（こうしゅ）――黄色を帯びた赤色。

布（つら）ぬ――一面に並んでいること。

圭（けい）――天子が領土を与えた印として諸侯に与える玉器。

幣（へい）――神前に捧げる布、白絹、「みてぐら」ともいう。

称奉（しょうほう）――褒め称えること。

答拝（とうはい）――答えて再拝すること。

揖（ゆう）す――敬意を表すために両手を胸の前で組み、囲みを作った形にする。

羑（みち）――人に善をすすめること。

恤（うれ）う――情けをめぐらすこと。あるいは気を配りいろいろ心配すること。

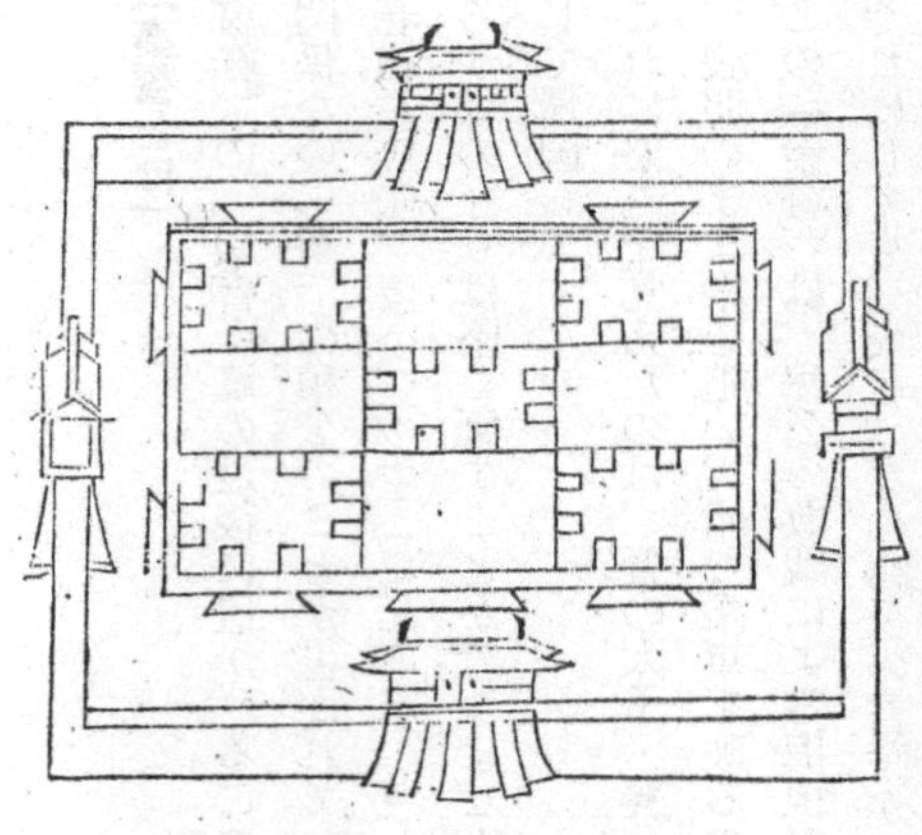

王が政務を行う「明堂」（『新定三礼図』）

戡定（かんてい）——乱を鎮める、平定すること。

敷遺（ふい）——敷き及ぼす。遺し施すこと。

張惶（ちょうこう）——拡充すること。

熊羆（ゆうひ）——クマとヒグマ。勇猛な人のたとえ。

付畀（ふひ）——「畀」は両手で差し出すこと。付畀は領土を与えること。

曁（とも）に——もとは「および」「届く」の意。「今までと同じように」の意味で使われる。

冕（べん）——冠のこと。

秦誓(しんせい)

【秦誓とは】

『書経』の「周書」篇の最後に置かれるこの「秦誓」は、周王朝、王家のことにまったく関係ない「秦」の穆公(ぼくこう)のことが書かれています。

『春秋左氏伝』僖公(きこう)三十三(紀元前六二七)年、秦(しん)の穆公が鄭(てい)を伐(う)とうとしました。ところが鄭の守りは堅く倒すことができません。やむなく孟明の勧めに応じて「滑」を滅ぼして帰国します。

これに怒りを覚えたのは、晋(しん)の太子・襄公(じょうこう)でした。襄公は父親の喪に服していましたが、喪服のまま秦を追い、崤(こう)で秦軍を破るのです。

この「秦誓」は、穆公の敗戦による悔恨の言葉です。

それにしても、なぜ、秦の穆公の言葉が、『書経』の最後に入れられているのかについては、古くから議論がなされていますが、紀元前二二一年に行われる秦の始皇帝の天下統一という歴史的背景なしには、この篇が『書経』に混入されることがなかったことは確かでしょう。

他の儒教の経典と同じく、昨今の戦国時代の竹簡木簡の発見とも合わせて、今、『書経』についても新たな視点からの研究が始まろうとしています。

■コラム　秦の先祖

秦の先祖は、五帝のひとりである帝・顓頊（せんぎょく）であると言われます。顓頊の孫の女脩があるとき機を織っていると、燕が卵を産み落としました。女脩はこれを飲んで妊娠し、子の大業を産みます。大業は少典国の子の女華を妻とし、大費を産みます。大費は禹とともに洪水を治め開墾に成功します。

こうして大費は舜から「嬴（えい）」という姓と、舜と同姓の美女を賜りました。

大費の子孫は夏の桀王の時に、桀王のもとを去って殷に帰服し、湯王の御者となって桀王を鳴条（めいじょう）で破ります。その子孫も殷を助け、嬴の姓あるものが諸侯として力を付けることになってきます。秦の始皇帝も、姓は「嬴」、氏は「趙」、名は「政」と言います。

秦誓

秦の穆公　鄭を伐たしむ。晋の襄公　師を帥いて諸れを崤に敗る。還帰す。秦誓を作る。

公曰く、嗟、我が士、聴け。嘩しきこと無かれ。予誓って汝に群言の首を告げん。古人言える有り。曰く、民　訖く若を自うれば是れ盤多し。人を責むる、斯れ難きこと無く、惟れ責めを受けて流れの如くならしむる、是れ惟れ艱い哉。我が心の憂い、日月逾え邁ぎて、員に来らざるが若し。

惟れ古の謀れる人、則ち未だ予を就さずと曰いて忌む。惟れ今の謀れる人、姑らく将に以って親しむことを為さんとす。則ち云然と雖も、尚くは猷もて茲の黄髪に詢らん。則ち愆つ所罔けん。番番たる良士、旅力既に愆ぐるも、我尚くは之を有たん。仡仡たる勇夫、射御違わざるも、我尚くは欲せじ。惟れ截截として善く諞言し、君子をして辞を易えしむる。我皇いに多く之を有ちしは、昧昧として我之を思えばなり。如し一介の臣有り、断断猗として他技無きも、其の心休休焉たらば、其れ容るること有るが如し。人の技有る、己之有るが若く、人の彦聖なる、其の心之を好みし、啻其の口より出だすが若きのみならず。是れ能く之を容れん。以って我が子孫黎民を保たば、亦た職として利有らん哉。人の技有る、冒疾して以って之を悪み、人の彦聖なる、而も之に違いて達せざらしむ。是れ容るること能わず、以って我が子孫黎民を保つこと能わず。亦た曰に殆い哉。邦の杌隉は曰に一人に由れり。邦の栄懐も亦た一人の慶を尚うなり。

秦の穆公が鄭を伐たせました。晋の襄公が軍隊を率いて秦の軍を崤山で破りました。穆公は帰り、「秦誓」の篇が作られました。

公が仰いました。

「ああ、我が兵士たちよ、私の言葉を聞いて欲しいのです。騒いではなりません。私は、誓っておまえたちに、言葉の中でも最も大切なものを伝えます。古人の言葉にこのようなものがあります。人々は皆、自分から楽しんでやるようにさせれば、心も乱れずに済むというものです。人を責めるのは難しいことではありません。しかし、人から責められて、水が流れるように悪事を改めるということ、これはとても難しいことです。私が心配するのは、月日が瞬く間に過ぎて、もう二度とは戻って来ないようなことなのです、これまで私は、古の道に従って物事を謀る人たちを、私の望みを叶えてくれない人だと思って悪んでいました。そして目先のことを考えて物事を謀る人を、ずいぶん長い間、親身になって考えてくれる人だと思っていたのです。つまりこのようなものだったけれども、願うことなら、これからは道に従ってこのお歳を召した人たちに従って行きたいと思うのです。つまり、こうすれば、過ちがないだろうと思うのです。

沈着冷静な正しい人を、体力的に盛りは過ぎていたとしても、私は採用したいと思います。血気に逸る人は、弓や馬の腕前に優れていたとしても、私は採用したいとは思わないのです。

ペラペラとよく人を動かすために喋って、君子を迷わせる人がたくさん私の周りにあったのは、私が蒙昧だったからだと思います。もし、一途で、意志が固い臣下で、他の才能がなくても、心から善なるものを求める人があったならば、そういう人を臣下として採用すべきだったのです。

他人に才能があれば、それを認めて大切にしてやり、他人が立派で賢明であれば、その人の心を良いものだと認めて、ただ口先で誉めるのではなく、そういう人たちを認めてあげましょう。そういう人たちにお願いすれば、我が子孫たち、すべての人々は、きっと一生懸命働くことによって利益を得ることになりましょう。

他人に才能があると、それを悪んでしまう、他人が立派で賢明であれば、その人の意見をだめだとして目的を達せられないようにする、このようにしてこうした人を採用しなければ、我が子孫たち、すべての人々を安心させることはできないでしょう。きっと、危ういことになるでしょう。

国がぐらぐらと不安定なのは、きっと一人の人に掛かっているからなのです。そして国が繁栄し安定するのもまたたった一人の人の慶びに待つしかないのです」

◆秦穆公伐レ鄭。晋襄公帥レ師敗二諸崤一。還帰。作二秦誓一。

公曰、嗟、我士、聴。無レ嘩。予誓告二汝群言之首一。古人有レ言。曰、民訖自レ若是多レ盤。責レ人、斯無レ難、惟受レ責俾レ如レ流、是惟艱哉。我心之憂、日月逾邁、若レ弗二員来一。

惟古之謀人、則曰二未就一レ予忌。惟今之謀人、姑将二以為一レ親。雖二則云然一、尚猷詢二茲黄髪一。則罔レ所レ愆。番番良士、旅力既愆、我尚有レ之。仡仡勇夫、射御不レ違、我尚不レ欲。惟截截善諞言、俾二君子易一レ辞。我皇多有レ之、昧昧我思レ之。如有二一介臣一、断断猗無二他技一、其心休休焉、其如レ有レ容。人之有レ技、若二己有一レ之、人之彦聖、其

心好レ之、不下啻若中自二其口一出上。是能容レ之。以保二我子孫黎民一、亦職有レ利哉。人之有レ技、冒疾以悪レ之、人之彦聖、而違レ之俾レ不レ達。是不レ能レ容、以不レ能レ保二我子孫黎民一。亦曰殆哉。

邦之杌隉曰由二一人一。邦之栄懐亦尚二一人之慶一。

【語句解説】

群言（ぐんげん）――多くの言葉。

若（じゃく）――もともとは「ナヨナヨとしていること」。ここでは「ワイワイと楽しむ」という意味。

逾（こ）える――期限を越える、中間を通り越して一気に過ぎること。

黄髪（こうはつ）――老人の黄色くなった髪。老人のこと。

番番（はは）――武勇の優れている様。

旅力（りょりょく）――多くの力、すべての力。

仡仡（きつきつ）――勇壮な様。

截截（せっせつ）――言葉が巧みな様。

諞言（へんげん）――巧みな言葉で言い回す。

断断（だんだん）――守って変わらない、専一で、間違いのないこと。

猗（い）――麗しいこと。

休休焉（きゆうきゆうえん）――心が広く、ひとえに善を好むこと。「焉」は強調するための助詞。

彦聖（げんせい）――優れた人物。

職（もと）――働くこと。

冒疾（ぼうしつ）――妬み嫉む（ねたみそねむ）こと。

殆い（あやう）――「危」と同じ。あやういこと。

栄懐（えいかい）――栄えて安らかなこと。

慶（けい）――喜び。明るく力強い気持ちになること。

『書経』の故事成語

天の作せる孽は猶お違く可し。自ら作せる孽は逭る可からず。（大甲）

殷の湯王が崩じた後、その位を継いだ孫の大甲に対して、賢相の伊尹が言った教訓です。

「孽」という漢字は、動物や虫、あるいは見えない妖怪のようなものが巣食って本体を台無しにしていくようなことを言います。「孽孽」とは、外見は立派に飾っていながら、内実がぼろぼろだったりすることをいう熟語です。

天がそういう災いを降すのであれば、なんとかそれを避けることもできるかもしれません。しかし、自分の中にそういう「孽」を宿してしまったら、もうどうすることもできないというのです。獅子の体内に寄生して、ついには獅子を死に至らせる虫という意味の「獅子身中の虫」という言葉は、これに相当するものでしょう。

塗炭の苦しみ（仲虺之誥）

「塗」は「泥」、「炭」は「炭火」のことです。泥の中に陥って身動きが取れない、烈火の中にあって焼け死んでしまうほどの苦しみのことを「塗炭の苦しみ」と言います。湯王は夏の桀王を放伐して新しい殷王朝を創成しましたが、この放伐を非常に後悔していました。これに対して、臣下である仲虺は言葉をかけます。

「王は、人々が塗炭の苦しみにあったのを救ったのです。天子たる者の責務として成し遂げられた偉業なのです」と。

燎原の火（盤庚）

殷の湯王から十世を経て、王位に就いた盤庚は、遷都することを在位者と庶民に告知します。この言葉のなかで、盤庚は、「根も葉もない流言を飛ばし、民衆を恐怖混乱に陥れるとは何たることか。悪事のはびこりやすいことは、あたかも火が原野を燃やし始めると、とても近づくことができなくなり、それを消すことすらできなくなる」と記されています。

九仞の功を一簣に虧く（旅獒）

今一歩というところまで来ていながら、ちょっと手を抜いたために失敗してしまうことをいいます。「九仞」とは非常に高い高さをいいます。「簣」は、土を運ぶ籠です。山を作ろうとして簣に土を入れて運ぶのですが、もうあと一簣運べば、願った通りの山ができるのに、たった一簣持って行かなかったために、山ができなくなってしまう。『書経』の原文には、「嗚呼、夙夜勤めざる或る罔かれ。細行を矜しまざれば、終に大徳を累せん。山を為ること九仞、功を一簣に虧く」と記されています。「王者たる者は、朝夙くから夜遅くまで天下の政治に勤めなければならない。もし、些細な行為において、慎重さを欠くことがあったならばついには大きな徳をも損なうことになるだろう。たとえば土を運んで山を作り、あと一歩で九仞に達するという時、最後の一簣を運ぶこと怠れば、それまでの苦労も水の泡になってしまう」というのです。

尚書偽古文・今文対照表

—	偽古文尚書		今文尚書	
虞書	1	堯典	1	堯典
	2	舜典		
	3	大禹謨	—	—
	4	皐陶謨	2	皐陶謨
	5	益稷		
夏書	6	禹貢	3	禹貢
	7	甘誓	4	甘誓
	8	五子之歌	—	—
	9	胤征	—	—
商書	10	湯誓	5	湯誓
	11	仲虺之誥	—	—
	12	湯誥	—	—
	13	伊訓	—	—
	14	太甲上	—	—
	15	太甲中	—	—
	16	太甲下	—	—
	17	咸有一徳	—	—
	18	盤庚上	6	盤庚
	19	盤庚中		
	20	盤庚下		
	21	説命上	—	—
	22	説命中	—	—
	23	説命下	—	—
	24	高宗肜日	7	高宗肜日
	25	西伯戡黎	8	西伯戡黎
	26	微子	9	微子

(注)今文尚書の篇名は『漢書』芸文志による。

–	偽古文尚書		今文尚書	
周書	27	泰誓上	–	–
	28	泰誓中	–	–
	29	泰誓下	–	–
	30	牧誓	10	牧誓
	31	武成	–	–
	32	洪範	11	洪範
	33	旅獒	–	–
	34	金縢	12	金縢
	35	大誥	13	大誥
	36	微子之命	–	–
	37	康誥	14	康誥
	38	酒誥	15	酒誥
	39	梓材	16	梓材
	40	召誥	17	召誥
	41	洛誥	18	雒誥
	42	多士	19	多士
	43	無逸	20	毋逸
	44	君奭	21	君奭
	45	蔡仲之命	–	–
	46	多方	22	多方
	47	立政	23	立政
	48	周官	–	–
	49	君陳	–	–
	50	顧命	24	顧命
	51	康王之誥		
	52	畢命	–	–
	53	君牙	–	–
	54	冏命	–	–
	55	呂刑	26	呂刑
	56	文侯之命	27	文侯之命
	57	費誓	25	鮮誓
	58	秦誓	28	秦誓

参考文献

吉川幸次郎『尚書正義』日本語訳（一九四〇～一九四八、岩波書店）のち『吉川幸次郎全集』一九八四、筑摩書房）
斯波六郎『文選李善注所引尙書攷證』（一九八二、汲古書院）
小林信明『古文尚書の研究』（一九五九年、大修館書店）
『尚書正義』旧足利学校遺蹟図書館所蔵　南宋・両浙東路茶塩司刊本　国宝
『書経集註』享保九（一七二四）年刊（京都、今村八兵衛）
清・閻若璩『古文尚書疏證』（二〇一〇年、上海古籍出版社）
清・段玉裁『古文尚書撰異』（一九七七年、台北・大化書局）
清・皮錫瑞『今文尚書考證』（二〇〇五年、中華書局）
于省吾『尚書新證』（二〇〇九年、中華書局）

屈万里『尚書釈義』（一九七七年、台北・台湾商務印書館）
劉起釪『尚書学史』（二〇一七年、中華書局）
劉起釪『尚書校釈訳論』（二〇〇五年、中華書局）
劉起釪『尚書源流及伝本考』（一九九七年、遼寧大学出版社）
劉起釪『日本的尚書与其文献』（一九九七年、北京・商務印書館）
臧克和『尚書文字校詁』（一九九九年、上海教育出版社）

ビギナーズ・クラシックス　中国の古典

書経

山口謠司

平成31年　3月25日　初版発行
令和7年　1月10日　13版発行

発行者●山下直久

発行●株式会社KADOKAWA
〒102-8177　東京都千代田区富士見2-13-3
電話　0570-002-301（ナビダイヤル）

角川文庫 21527

印刷所●株式会社KADOKAWA
製本所●株式会社KADOKAWA

表紙画●和田三造

●お問い合わせ
https://www.kadokawa.co.jp/（「お問い合わせ」へお進みください）
※内容によっては、お答えできない場合があります。
※サポートは日本国内のみとさせていただきます。
※Japanese text only

ISBN 978-4-04-400299-2　C0198

角川文庫発刊に際して

角川源義

第二次世界大戦の敗北は、軍事力の敗北であった以上に、私たちの若い文化力の敗退であった。私たちの文化が戦争に対して如何に無力であり、単なるあだ花に過ぎなかったかを、私たちは身を以て体験し痛感した。西洋近代文化の摂取にとって、明治以後八十年の歳月は決して短かすぎたとは言えない。にもかかわらず、近代文化の伝統を確立し、自由な批判と柔軟な良識に富む文化層として自らを形成することに私たちは失敗して来た。そしてこれは、各層への文化の普及滲透を任務とする出版人の責任でもあった。

一九四五年以来、私たちは再び振出しに戻り、第一歩から踏み出すことを余儀なくされた。これは大きな不幸ではあるが、反面、これまでの混沌・未熟・歪曲の中にあった我が国の文化に秩序と確たる基礎を齎らすためには絶好の機会でもある。角川書店は、このような祖国の文化的危機にあたり、微力をも顧みず再建の礎石たるべき抱負と決意とをもって出発したが、ここに創立以来の念願を果すべく角川文庫を発刊する。これまで刊行されたあらゆる全集叢書文庫類の長所と短所とを検討し、古今東西の不朽の典籍を、良心的編集のもとに、廉価に、そして書架にふさわしい美本として、多くのひとびとに提供しようとする。しかし私たちは徒らに百科全書的な知識のジレッタントを作ることを目的とせず、あくまで祖国の文化に秩序と再建への道を示し、この文庫を角川書店の栄ある事業として、今後永久に継続発展せしめ、学芸と教養との殿堂として大成せんことを期したい。多くの読書子の愛情ある忠言と支持とによって、この希望と抱負とを完遂せしめられんことを願う。

一九四九年五月三日

角川ソフィア文庫ベストセラー

論語
ビギナーズ・クラシックス 中国の古典
加地伸行

孔子が残した言葉には、いつの時代にも共通する「人としての生きかた」の基本理念が凝縮され、現代人にも多くの知恵と勇気を与えてくれる。はじめて中国古典にふれる人に最適。中学生から読める論語入門！

老子・荘子
ビギナーズ・クラシックス 中国の古典
野村茂夫

老荘思想は、儒教と並ぶもう一つの中国思想。「上善は水のごとし」「大器晩成」「胡蝶の夢」など、人生を豊かにする親しみやすい言葉と、ユーモアに満ちた寓話を楽しみながら、無為自然に生きる知恵を学ぶ。

韓非子
ビギナーズ・クラシックス 中国の古典
西川靖二

「矛盾」「株を守る」などのエピソードを用いて法家の思想を説いた韓非。冷静ですぐれた政治思想と鋭い人間分析、君主の君主による君主のための支配を理想とする君主論は、現代のリーダーたちにも魅力たっぷり。

陶淵明
ビギナーズ・クラシックス 中国の古典
釜谷武志

自然と酒を愛し、日常生活の喜びや苦しみをこまやかに描く一方、「死」に対して揺れ動く自分の心を詠んだ田園詩人。「帰去来辞」や「桃花源記」ほかひとつ一つの詩を丁寧に味わい、詩人の心にふれる。

李白
ビギナーズ・クラシックス 中国の古典
筧久美子

大酒を飲みながら月を愛で、鳥と遊び、自由きままに旅を続けた李白。あけっぴろげで痛快な詩は、音読すれば耳にも心地よく、多くの民衆に愛されてきた。豪快奔放に生きた詩仙・李白の、浪漫の世界に遊ぶ。

角川ソフィア文庫ベストセラー

角川ソフィア文庫ベストセラー

蒙求
ビギナーズ・クラシックス 中国の古典
今鷹 眞

「蛍火以照書」から「蛍の光、窓の雪」の歌が生まれ、「漱石枕流」は夏目漱石のペンネームの由来になった。礼節や忠義など不変の教養逸話も多く、日本でも多く読まれた子供向け歴史故実書から三一編を厳選。

白楽天
ビギナーズ・クラシックス 中国の古典
下定雅弘

日本文化に大きな影響を及ぼした白楽天。炭売り老人への憐憫や左遷地で見た雪景色を詠んだ代表作ほか、家族、四季の風物、酒、音楽などを題材とした情愛濃やかな詩を味わう。大詩人の詩と生涯を知る入門書。

十八史略
ビギナーズ・クラシックス 中国の古典
竹内弘行

中国の太古から南宋末までを簡潔に記した歴史書から、注目の人間ドラマをピックアップ。伝説あり、暴君あり、国を揺るがす美女の登場あり。日本人が好んで読んできた中国史の大筋が、わかった気になる入門書！

春秋左氏伝
ビギナーズ・クラシックス 中国の古典
安本 博

古代魯国史『春秋』の注釈書ながら、巧みな文章で人々を魅了し続けてきた『左氏伝』。「力のみで人を治めることはできない」「一端発した言葉に責任を持つ」など、生き方の指南本としても読める！

詩経・楚辞
ビギナーズ・クラシックス 中国の古典
牧角悦子

結婚して子供をたくさん産むことが最大の幸福であった古代の人々が、その喜びや悲しみをうたい、神々への祈りの歌として長く愛読してきた『詩経』と『楚辞』。中国最古の詩集を楽しむ一番やさしい入門書。

角川ソフィア文庫ベストセラー

菜根譚
ビギナーズ・クラシックス 中国の古典
湯浅邦弘

「一歩を譲る」「人にやさしく己に厳しく」など、人づきあいの極意、治世に応じた生き方、人間の器の磨き方を明快に説く、処世訓の最高傑作。わかりやすい現代語訳と解説で楽しむ、初心者にやさしい入門書。

孟子
ビギナーズ・クラシックス 中国の古典
佐野大介

論語とともに四書に数えられる儒教の必読書。人の上に立つ者ほど徳を身につけなければならないとする王道主義の教えと、「五十歩百歩」「私淑」などの故事成語の宝庫をやさしい現代語訳と解説で楽しむ入門書。

大学・中庸
ビギナーズ・クラシックス 中国の古典
矢羽野隆男

国家の指導者を目指す者たちの教訓書である『大学』。人間の本性とは何かを論じ、誠実を尽くせと説く『中庸』。わかりやすい現代語訳と丁寧な解説で、今の時代に生きる中国思想の教えを学ぶ、格好の入門書。

貞観政要
ビギナーズ・クラシックス 中国の古典
湯浅邦弘

中国四千年の歴史上、最も安定した唐の時代「貞観の治」を成した名君が、上司と部下の関係や、組織運営の妙を説く。現代のビジネスリーダーにも愛読者の多い、中国の叡智を記した名著の、最も易しい入門書！

呻吟語
ビギナーズ・クラシックス 中国の古典
湯浅邦弘

皇帝は求心力を失い、官僚は腐敗、世が混乱した明代末期。朱子学と陽明学をおさめた呂新吾が30年かけて綴った人生を諭す言葉。「過ちを認める勇気」「冷静沈着の大切さ」など、現代にも役立つ思想を説く。

角川ソフィア文庫ベストセラー

ビギナーズ・クラシックス 日本の古典
古事記
編／角川書店

天皇家の系譜と王権の由来を記した、我が国最古の歴史書。国生み神話や倭建命の英雄譚ほか著名なシーンが、ふりがな付きの原文と現代語訳で味わえる。図版やコラムも豊富に収録。初心者にも最適な入門書。

ビギナーズ・クラシックス 日本の古典
万葉集
編／角川書店

日本最古の歌集から名歌約一四〇首を厳選。恋の歌、家族や友人を想う歌、死を悼む歌。天皇や宮廷歌人をはじめ、名もなき多くの人々が詠んだ素朴で力強い歌の数々を丁寧に解説。万葉人の喜怒哀楽を味わう。

ビギナーズ・クラシックス 日本の古典
竹取物語（全）
編／角川書店

五人の求婚者に難題を出して破滅させ、天皇の求婚にも応じない。月の世界から来た美しいかぐや姫は、じつは悪女だった？ 誰もが読んだことのある日本最古の物語の全貌が、わかりやすく手軽に楽しめる！

ビギナーズ・クラシックス 日本の古典
蜻蛉日記
右大将道綱母
編／角川書店

美貌と和歌の才能に恵まれ、藤原兼家という出世街道まっしぐらな夫をもちながら、蜻蛉のようにはかない自らの身の上を嘆く、二一年間の記録。有名章段を味わいながら、真摯に生きた一女性の真情に迫る。

ビギナーズ・クラシックス 日本の古典
枕草子
清少納言
編／角川書店

一条天皇の中宮定子の後宮を中心とした華やかな宮廷生活の体験を生き生きと綴った王朝文学を代表する珠玉の随筆集から、有名章段をピックアップ。優れた感性と機知に富んだ文章が平易に味わえる一冊。

角川ソフィア文庫ベストセラー

源氏物語
ビギナーズ・クラシックス 日本の古典

紫式部
編／角川書店

日本古典文学の最高傑作である世界第一級の恋愛大長編『源氏物語』全五四巻が、古文初心者でもまるごとわかる！ 巻毎のあらすじと、名場面はふりがな付きの原文と現代語訳両方で楽しめるダイジェスト版。

今昔物語集
ビギナーズ・クラシックス 日本の古典

編／角川書店

インド・中国から日本各地に至る、広大な世界のあらゆる階層の人々のバラエティーに富んだ日本最大の説話集。特に著名な話を選りすぐり、現実的で躍動感あふれる古文が現代語訳とともに楽しめる！

平家物語
ビギナーズ・クラシックス 日本の古典

編／角川書店

一二世紀末、貴族社会から武家社会へと歴史が大転換する中で、運命に翻弄される平家一門の盛衰を、叙事詩的に描いた一大戦記。源平争乱における事件や時間の流れが簡潔に把握できるダイジェスト版。

徒然草
ビギナーズ・クラシックス 日本の古典

吉田兼好
編／角川書店

日本の中世を代表する知の巨人・吉田兼好。その無常観とたゆみない求道精神に貫かれた名随筆集から、兼好の人となりや当時の人々のエピソードが味わえる代表的な章段を選び抜いた最良の徒然草入門。

おくのほそ道（全）
ビギナーズ・クラシックス 日本の古典

松尾芭蕉
編／角川書店

俳聖芭蕉の最も著名な紀行文、奥羽・北陸の旅日記を全文掲載。ふりがな付きの現代語訳と原文で朗読にも最適。コラムや地図・写真も豊富で携帯にも便利。風雅の誠を求める旅と昇華された俳句の世界への招待。

角川ソフィア文庫ベストセラー